편안한 하루를 보내길 바라며,

_____에게

이 책을 드립니다.

내 마음 다치지 않게

글 · 그림 설레다

내 마음 다치지 않게

혼자이고 싶지만 혼자이고 싶지 않은 나를 위해

RHK
알에이치코리아

contents

chapter 1
흔들거리는 마음을 붙잡고

chapter 2

나와 너의 마음을 바라보며

chapter 3

마음에게 안부를 물어본다면

chapter 4
상처 난 마음에게

chapter 5

마음대로 되지는 않지만

chapter 8

마음을 위한 마음가짐으로

마음을 다시
만나는 시간

감정이 일고, 기분이 느껴집니다.

마음 안에서 무언가가 생겼다가 잠잠해지고,

다시 끓어오르는 듯하더니 사라집니다.

정확하게 설명할 수 없지만 분명한 변화가 일어났습니다.

그중에는 담아 두기 힘든 일도 있겠지요.

밖으로 꺼내지 않고서는 견디기 어려운 날도 있을 거예요.

견디기 어렵다는 것이

꼭 아프고 슬픈 감정을 뜻하는 건 아니에요.

기쁘고 더없이 벅찬 감정일 수도 있습니다.

세상 그 어떤 문장으로도 내 마음을 담지 못할 때가 있습니다.

이때 그림은 새로운 언어로 다가옵니다.

말로 다 표현하지 못한 마음을 그림이 전하는 것이지요.

자신의 감정이 담겨 있는 그림을 보여주며 말을 건넬 수 있고,

반대로 그림을 통해 타인의 아픔을 이해할 수도 있습니다.
그림이 가진 힘은 바로 '끌어안음'이에요.
그 안에서만큼은 마음껏 생각하고 느껴볼 수 있습니다.
즐거운 감정뿐만 아니라,
괴롭고 힘든 감정도 있는 힘껏 말이에요.

이 책을 통해 모른 체하고 싶었던 마음이나
미처 몰랐던 마음을 제대로 마주할 수 있을지도 모릅니다.
설토와 함께 혹은 설토가 되어
감정을 가만히 바라보고 느끼며, 자연스레 흘려보내는
시간을 가질 수 있길 바라봅니다.
여러분의 이완의 시간에 설토가 함께하기를….

2020년 한겨울에, 설레다

알고 있었지만
모른 체하고 싶었거나
있는지조차 몰랐던 마음을

조심스레
들여다보는 시간

chapter 1

흔들거리는 마음을 붙잡고

왠지 모르게 허전한

가슴에 커다란 구멍이 '뻥' 하고 생길 때가 있습니다.

아무런 이유 없이 마음이 헛헛한 날에는 유독 사람이 보고 프기도 합니다. 그런데 누구를 만나야 좋을지 딱히 떠오르지 않고 또 누구를 만난다고 해도 공허한 마음의 공백이 채워지 지 않을 것 같은 날도 있어요. 만날 사람을 애써 찾으려는 노 력이 오히려 마음을 더 서늘하게 만듭니다.

외롭진 않지만 어딘가 허전하고, 아픈 건 아니지만 그렇다 고 멀쩡하지도 않은 것 같고, 다른 사람의 위로가 필요한 것

채울 수가

없는

같으면서도 기대어 의지하고 싶은 마음은 아닌 듯한…. 그래
서 어찌할 바를 모르는 상태, 그러니까 '허전함'은 참 묘한 감
정이더군요.

'좋아하는 영화를 보면 괜찮아질 거야.' '맛있는 음식을 먹
으면 나아지겠지.' '아… 모르겠다. 한숨 자고 나면 잊히지 않
을까?' 허전함을 견딜 수 없어서 마음속에 뭐든지 넣으려고
애를 씁니다. 휑뎅그렁해진 마음이 채워지길 바라며, 오늘도
허전함을 이겨내려고 노력하고 있습니다.

흔들거리는
마음을
붙잡고

25

저 바다 밑에는

그리움이라는 단어를 생각해 보면, 헤어진 연인이 서로를 보고 싶어 하는 장면이 떠오르시나요? 물론 그럴 수도 있겠지만 그리움은 꼭 사랑하는 남녀 사이에만 존재하는 감정은 아닙니다. 가족, 친구, 마음이 잘 통하는 동료, 여러 인연으로 맺어진 관계 등 마음을 주고받은 사람과 공유할 수 있는 감정이에요.

우리는 종종 그리움을 겉으로 드러내기보다 마음의 바다 깊숙한 곳에 넣어 두곤 합니다. 스스로를 약하게 만드는 감정이라고 치부하며, 그리움을 제대로 마주하기조차 어려워하죠. 내 마음으로 그리움을 힘껏 끌어안으며 느껴보세요.

그리운 이를 떠올리며 눈물도 흘려보고 그립다고 소리 내어 말해보면, 가슴이 따뜻해질 거예요. 그때야 비로소 알게 됩니다. 그리움은 사랑하는 마음과 다르지 않다는 사실을….

miss
you...

혼들거리는
마음을
붙잡고

외로워하지 말고

나지막한 의자가 점점 길어지더니, 다른 사람들이 올라올 수 없는 높이까지 길어지고는 줄어들 생각을 하지 않습니다.

'가만히 내버려 두면 내가 알아서 할 거야.'

의자에서 내려올 수도 있었지만, 무슨 마음이었는지 혼자 있는 것도 나쁘지 않다고 생각했습니다. 망설이다가 시간은 흐르고 외로움이 싫어서 내려가려는 찰나, 아뿔싸 너무 높은 곳에 홀로 있게 되었네요.

주저하는 사이 시간은 또 흐르고, 이제는 혼자 있는 것보다 내려가는 것이 더 무서워졌습니다. 나를 지켜보는 사람들 중 누구 하나 손을 내미는 이가 없으니까요. 누구라도 좋으니 "내려와도 좋아."라고 말해주기만 한다면 뛰어내릴 생각도 있는데….

흔들거리는
마음을
붙잡고

29

잠들기 전에

세상이 잠들 시간이 되면 외로움은 그제야 슬그머니 잠에서
깨어납니다. 어두운 방 안으로 들어와 피곤에 절은 몸을 펴고
누워도 외로움에 흔들린 마음 때문에 좀처럼 잠이 오지 않는
밤이면, 아무 생각 없이 머리맡에 있는 핸드폰을 열어보곤 합
니다. 사람들과 주고받은 메시지를 다시 읽어보기도 하고, 사
람들의 메신저 프로필을 훑어보기도 하죠. 그 짤막한 글 속에
는 재미난 문장이나 명언, 결심이 적혀 있기도 하지만 아픔이
묻어나는 내용이 적혀 있기도 합니다. 상처를 준 사람에 대한
저주 혹은 우울한 마음을 에둘러 표현한 말도 있지요.

　찬찬히 타인의 이야기를 읽다 보면, 내가 외로움을 느끼는
것처럼 그들도 외로움을 느끼고 있다는 생각이 들게 됩니다.
어쩌면 그들도 지금의 나처럼 어두운 방 안에서 핸드폰을 물
끄러미 바라보며 외로움을 마주하고 있을지도 모르겠습니다.

흔들거리는
마음을
붙잡고

31

어긋나는 순간

한때는 잃어버린 쌍둥이가 아닐까 싶을 정도로 잘 맞았던 사람과 완전히 어긋나기 직전, 가만히 생각해 봅니다.

'이 사람과 나는 어쩌다 여기까지 왔을까?'

척하면 착이던 사이, 팥으로 메주를 쑨다고 해도 믿었던 사이였는데 결별에 다다르게 된 이유가 무엇일까요? 헤어짐으로 인한 상처보다 관계가 이토록 멀어진 이유에 대한 의문이 더 큽니다. 생각만 해도 부끄러워지는 유치한 일부터 여전히 분이 가라앉지 않는 싸움까지, 여러 가지 이유가 있을 겁니다.

수많은 말과 행동, 표정으로 서로의 마음에 생채기를 내다가 결국 이렇게 이야기하게 됩니다.

"우리는 서로 맞지 않아. 그뿐이야."

아주 잘 맞다고 생각해 시작된 관계가 너무 맞지 않아 끝나게 되는 것이죠. 차라리 악역이 정해져 있다면 악담이라도 실컷 퍼부으며 잊기라도 할 텐데, 누가 나쁘거나 혹은 누가 틀린 게 아닌 상황이 훨씬 많습니다.

그런데 그 어긋나는 순간은 이내 또 다른 만남으로 이어져
다시 이렇게 이야기하게 될지도 모릅니다.

"우리는 정말 잘 맞아. 널 만나 다행이야."

나는 이게 좋아

귀엽고 소박한 고집

좁다란 박스 안에 억지로 몸을 집어넣으려는 고양이의 모습을 종종 볼 수 있습니다. 산만 한 덩치로 손바닥만 한 상자 안에 굳이 들어가겠다는 고양이의 고집!

　우리도 저마다 귀엽고 소박한 고집 하나쯤 가지고 있을 겁니다. 타인의 시선으로는 도무지 이해하기 어려운 고집을 부리기도 할 거예요. 누가 봐도 불편하고 비효율적인 데다가 손해까지 감수해야 할 만큼 이상한 황소고집도 있겠죠. 이러한 사실을 스스로 잘 알고 있으면서도 고집을 쉽게 꺾기가 힘듭니다. 고집과 나 사이에 존재하는 안락함, 평화로움, 즐거움 그리고 쾌감 때문이겠지요. 남에게 피해를 주지 않는 선이라면, 고집은 자신이 누릴 수 있는 그리고 지키고 싶은 외로움이 아닐까요?

고립된 채 홀로 있는 당신에게

사람들 사이에서 느끼는 외로움을 들여다보면 타인으로부터 전해지는 소외감으로 인한 감정일 때가 많습니다. 무리 사이에 우두커니 홀로 남겨진 것 같은 감정이죠. 사람들과 친해지고 싶지만 먼저 말문을 트기가 쑥스러워서, 혹은 딱히 건넬 말이 생각나지 않아 겉돌다 보니 혼자 남겨지게 되는 경우도 있습니다. 이때의 외로움은 누군가의 따뜻한 말 한마디면 쉽게 사라지곤 합니다. 소외감으로 생긴 외로움은 나를 보듬어주는 관심이 치유해 줄 수 있어요.

세상에 어디 이 같은 외로움만 있던가요? 다른 사람들로부터 소외되기 전에, '외로움이 좋아.'라고 생각하며 스스로 홀로 있기를 자처할 때도 있습니다. 처음에는 보란 듯이 조금씩 울타리를 만들다가 의도하지 않게 갇혀버리기도 하죠. 그럴 때는 당황하지 말고 그 울타리 안에서 나오기만 하면 됩니다.

울타리에서 어떻게 벗어날 수 있냐고요? 대단한 결심이나 엄청난 계기가 필요하다고 생각하겠지만, 그저 웅크렸던 몸을

쭉 펴고 몸에 묻은 먼지를 탈탈 털어낸 후 담을 넘듯 훌쩍 뛰어나오면 됩니다.

쑥스럽고 민망해서 망설여질 수도 있지만, 계속 그 안에서만 살 수는 없잖아요. 자신이 만든 외로움이라는 담벼락은 생각보다 아주 높지는 않을 거예요. 담벼락 밖에서 누군가가 나를 언뜻언뜻 볼 수 있을 정도일 겁니다. 그러니까 이제 그만 밖으로 나와도 돼요.

흔들거리는
마음을
붙잡고

그리움이 쌓이면

언제부터였을까요? 누군가에게 전화를 거는 일이 줄어들고, 무뚝뚝한 연결음을 들으며 상대방의 목소리를 기다리는 일도 드물어졌습니다. 그러다 어느 날 문득 통화 버튼 대신 그리움만 연신 누르고 있는 자신의 모습을 발견하게 됩니다. 지구 반대편에 있는 지인의 소소한 일상까지도 쉽게 접할 수 있는 요즘입니다만, 어쩐지 목소리를 통해 마음을 전하는 것은 점점 어색해집니다.

"그립다, 보고 싶다."

때로는 사랑한다는 말보다 더 꺼내기 어려운 말이지만 그래도 꼭 해야 하는 고백입니다. 지금 생각나는 사람에게 전화를 해보세요. 애꿎은 날씨 이야기를 꺼내도 좋고, 밥은 먹었냐고 안부를 물어도 좋습니다. 그리고 보고 싶다는 말을 한번 툭 던져보는 건 어떨까요? 마음속에 넘치는 그리움을 그 한마디에 가득 담아 전한다면, 상대방도 내가 그리웠다고 고백할지도 모릅니다.

흔들거리는
마음을
붙잡고

겹겹이 둘러싸여 있는

'내 속엔 내가 너무도 많아.'

내가 나를 들여다볼 때 이 노랫말만큼 적절한 설명이 또 있을까요? 양파처럼 껍질을 계속 벗겨내도 끝이 없는 '나'라는 사람…. 내 속에는 이미 알고 있던 내 모습, 낯선 내 모습, 때로는 인정하기 싫은 야비하고 비정한 내 모습도 있습니다.

내 안의 수많은 나를 다독이며 이끄는 선장 역할을 잘 해내고 있다고 생각하다가도, 때로는 말썽을 피우는 내 모습이 튀어나와 당혹스럽기도 합니다. 하지만 너무 걱정하지 않아도 됩니다. '아, 나에게 이런 모습도 있네?' 하며 색다른 자신을 믿어보는 것도 좋지요.

버리고 싶다고 해서 내 모습을 버릴 수도 없고, 부럽다고 해서 타인의 모습을 가져다 나의 '겹'으로 만들 수도 없습니다. 그러니 나를 잘 다독여 사이좋게 지내는 수밖에요.

기다림이라는 행복

삶이 늘 평화롭고 아늑하고 따뜻하면 참 좋을 텐데, 매 순간 행복하게 지낼 수는 없습니다. 이따금 숨 막히게 뜨거운 사막의 모래바람 같은, 눈도 뜨지 못할 만큼 거친 폭풍우 같은 고난에 부딪히기도 하죠.

나를 포근하게 감싸주는 기억도 있지만, 도망치고 싶을 정도로 괴로운 기억도 함께 있는 곳, 바로 내 마음속입니다. 그 안에는 끝이 어딘지 모를 벽이 하나 있습니다. 그리고 벽 너머에는 내가 '기다리는 것'이 있습니다. 그게 무엇인지는 각기 다를 거예요.

가족, 연인, 친구, 꿈, 목표….

벽 너머에 있는 것이 무엇이든, 만나게 되기를 간절하게 바란다는 사실은 똑같아요. 간절함의 시간이 쌓일수록 꿈쩍하지 않을 것 같았던 단단한 벽도 점점 허물어집니다. 아직은 작은 틈새일 뿐이지만, 점점 큰 틈이 생겨 언젠가 와르르 무너질 거예요. 마침내 그토록 바라던 벽 너머의 존재와 만나게 될 것입니다. 그때까지 간절한 그 마음, 부디 차곡차곡 잘 쌓으며 기다려주세요.

벽은
곧 무너질 거야
거기서
조금만 더
기다려다오

더 사랑하거나, 덜 사랑하거나

사랑을 시작하면, '사랑하는 정도'에 따라 어느 한 명이 주도권을 가지기도 합니다. 이는 권력과 비슷한 모양새를 띠기도 합니다. 더 사랑하는 사람이 덜 사랑하는 사람에게 끊임없이 마음을 내주는 관계로 변해버리는 것이죠.

'1'만큼의 사랑을 받으면 다시 꼭 '1'만큼의 사랑을 내주는 것까지는 아니더라도, 관계를 유지하려면 서로 많은 노력이 필요해요. 상대방이 준 마음을 소중하게 간직할 수 있어야 하고, 그 이전에는 상대방의 마음을 잘 받아들일 준비도 해야 합니다. 만약 이 두 가지 자세를 갖추지 않은 채, 운 좋게 사랑을 받게 된다면 어떻게 될까요? 충분히 사랑을 받더라도, 그 마음을 잘 간수하지 못해서 소중히 보관하지 못할 거예요. 또 사랑을 아무리 많이 받아도 채워지지 않는 마음 때문에 계속 상대방에게 애정을 갈구하게 될 거고요.

이러한 상황이 반복되다 보면 결국 서로가 지쳐

버리기 마련이지요. 상대방이 사랑을 충분히 주고 있는데도
내 마음이 텅 빈 것처럼 느껴진다면, 상대방에게 받은 사랑을
잘 간직하고 있는지 곰곰이 생각해 보세요.

찰랑찰랑

가랑비에 옷 젖는 줄 모른다는 말이 있죠? 우울도 마찬가지입
니다. 자신도 모르게 서서히 젖어들다가, 어느 순간 깊은 우울
에 잠겨 허우적거리기도 하죠. 그러나 이를 '마음의 감기' 정
도로 치부해 가볍게 넘겨버리는 경우가 많습니다. 다른 사람
의 기분이나 마음은 살뜰하게 챙기면서도 자신에게는 무모할
만큼 무관심하게 대하곤 하죠. 그러는 사이, 우울은 점점 내
발목을 적시기 시작하고, 허리춤으로, 그리고 목으로, 결국에
는 내 키보다 높은 곳까지 차올라 나를 삼켜버립니다.

극심한 우울에 빠지지 않기 위한 두 가지 방법이 있어요. 자
기애를 가지는 것, 그리고 우울이 차오르면 제때 버리는 것.
내 마음은 내가 보살펴야 해요. 그러면 자신을 향한 무심함으
로 깊은 우울에 빠지는 일은 막을 수 있겠지요.

흔들거리는
마음을
붙잡고

49

유리병 세상

개그 프로그램에 흔히 나오는 '유리 벽이 있는지도 모르고 걷다가 쾅 부딪혀 넘어지는 장면'을 보며, 우리는 웃음을 터트립니다. 우스꽝스럽게 넘어지고 아파하는 모습도 재미있지만, 유리 벽을 보지 못하고 부딪혔다는 사실이 더 재미있을 거예요. 눈에 뻔히 보이는데, 저걸 못 보다니!

그런데, 우리는 어쩌면 각자 자기만의 유리병 안에서 삶을 꾸려가고 있는지도 모릅니다. 다른 사람들의 눈으로는 뻔히 보이지만, 그 안에 있는 자신의 눈으로는 유리병 안과 바깥세상의 경계가 보이지 않는 것은 아닐까요?

아, 색이 있는 유리병이라면 자신의 눈으로도 확인할 수 있겠군요. 세상이 유리병이 지닌 색으로 물들어 있는 것처럼 보이겠지만 말이에요.

타인의 행복

자신이 누리는 평범한 일상도 누군가에게는 부러움의 대상이라는 사실을 알고 있지만, 타인의 행복에 관심이 가는 것은 어쩔 수 없나 봅니다. 당연히 타인도 괴로운 일을 겪겠지만, 그건 아주 잠깐일 뿐 즐거운 일이 더 많을 것이라고 지레짐작하기도 하지요. 세상의 모든 불행이 오로지 나에게만 몰려오고, 행복은 잠시 머물다 지나간다고 생각하기도 하고요. 우리는 서로의 삶을 부러워하며 지내고 있는 것일지도 모릅니다.

'행·불행의 보존 법칙'이 있다고 생각해 보면 어떨까요? 행복을 더하기로 두고 불행을 빼기로 둔 채, 한 사람이 평생 동안 느끼는 행복과 불행을 합하면 모두 '0'이 된다는 법칙이 있다고 생각하는 거예요.

끝없이 괴로운 터널 속에 있을 때는 행복이 절대 오지 않을 것이라는 생각이 들어도, 언젠가 터널을 빠져나가 눈부신 행복을 맞이하게 될 거예요. 너무 뻔한 이야기 같지만, 행복과 불행은 반드시 균형을 이루게 됩니다. 세상에 영원한 불행이

나 영원한 행복은 없어요. 그러니까 타인의 행복을 너무 부러워하지 않아도 됩니다. 또 자신의 행복에 너무 심취해 으스대지 않는 것도 중요해요.

흔들거리는
마음을
붙잡고

이 길이 아닐 수도 있다는 생각

수장의 지휘에 따라 산을 열심히 오르고 있는 사람들이 있습니다. 힘겹게 꼭대기에 다다랐을 때, 수장이 말했습니다. "이 산이 아닌가 보네." 이후 이들은 어떻게 대처했을까요? 미련 없이 다른 산을 향해 다시 열심히 걷기 시작했습니다.

마음을 다해 일을 하다가, 어느 순간 갑자기 '이 일 혹은 이 길이 아니면 어쩌지?'라는 생각이 들기도 합니다. 상상만 해도 온몸에 기운이 빠지고 정신이 아득해집니다. 게다가 좋아하는 일이었다면, 그 마음조차 식어버릴 만큼 허탈해지기도 할 겁니다. 무엇보다 확신을 가지고 열심히 노력했는데, 모든 것이 착각이었을지도 모른다는 두려움이 엄습할 거예요. 의심이 한 번 생기면, 그 의심은 계속 발목을 잡기 때문에 모른 체하고 가던 길을 계속 가기도 어렵습니다.

'당장 또 다른 길을 찾아야 할까, 여기가 끝이 아닐까…?'

걱정이 앞서겠지만 일단 '이 걱정도 정답이 아닐 수 있다.'라고 되뇌며 생각의 브레이크가 필요합니다. 지금 하고 있는

일을 그만두거나 완전히 새롭게 시작하기로 결정하는 것보다,
하고 있던 일을 수정하고 다듬는 것을 선택할 확률이 더 높아
요. 특히 마음을 많이 쏟았던 일이라면 더욱 그럴 거예요.

혹시 지금 자신의 선택과 자신이 걸어가고 있는 길에 왠지
모를 불안감이 스멀스멀 느껴지고 있나요? 그렇다면 걸음을
멈추고 찬찬히 둘러보세요. 자신의 선택과 자신이 걸어온 길,
그리고 그에 대한 자신의 마음을….

혼자 남고 싶지 않아서

"가, 가란 말이야!"

마음에도 없는 여자의 외침을 들은 남자는 돌아섰고, 그 여자는 마음속으로 다시 외칩니다.

'가라고 말했다고 진짜 가…?'

가버리라고 소리치고는 가버린다고 원망하는 이 아이러니한 상황!

이와 같은 상황이 우리에게도 종종 벌어집니다.

"나를 제발 혼자 내버려 둬."

누구도 말 붙이지 못하게 으름장을 놓고 구석에 웅크리고 앉아 있다 보면 이내 서운해집니다.

'진짜 나를 혼자 내버려 두다니….'

그래도 다시 누군가를 부르고 싶은 마음은 들지 않죠. 사람이 그리운 마음과 홀로 있고 싶은 마음, 그 사이에 진한 고독이 파고듭니다. 당신은 지금 다른 사람과 함께하고 싶은 마음인가요? 아니면 혼자 있고 싶은 마음인가요?

57

chapter 2

나와 너의 마음을 바라보며

먼저 다가가는 일

해준 것도 없는데 괜히 미운 사람이 있고, 받은 것이 없어도 왠지 호감 가는 사람이 있습니다. 또 나에게 친절해도 정이 가지 않는 사람이 있고, 반대로 심술궂게 행동해도 이해가 가는 사람도 있고요.

이처럼 몇 가지 예외 사항이 있긴 하지만, 우리는 대부분 거울을 마주하고 있는 것처럼 서로 동등한 마음과 태도로 관계를 형성합니다. 상대방이 잘해주면 나도 잘하게 되고, 반대로 상대방이 못되게 굴면 나도 못되게 굴게 되죠.

참 유치하게 보이기도 합니다. 하지만 사람의 마음이라는 게 다 그렇더라고요. 혹시 상대방이 나에게 툴툴거린다면 똑같이 툴툴거리는 모습을 보여주기보다 씩 웃으며 손을 건네는 건 어떨까요? '그 사람이 먼저 무례하게 행동했어.'라는 생각은 잠시 접고, 딱 한 번만 다른 모습을 보여주세요. 그럼 상대방은 괜스레 머쓱해하며 자신의 과거를 민망해할지도 모릅니다.

적당한 거리를 두고

지난날 어떤 상처와 영향을 받았는지 모르겠지만, 날을 세우고 살아가는 사람이 있습니다. 나를 아프게 만드는 말만 쏙쏙 골라가며 공격적인 모습을 보이는 사람의 과거를 찬찬히 이해하고 쓰다듬을 마음이 들기란 쉽지 않습니다. 지난날이 어쨌건, 날카로운 말에 당장 상처를 받는 것은 바로 나 자신이니까요.

굳이 다가가서 불편한 말들을 듣고 있을 필요는 없지만, 한 번쯤 그 사람에 대해 생각해 보면 어떨까요? 물론 무작정 포용하고 이해하라는 권유는 아닙니다. 다만 멀찌감치 떨어져서 저토록 날카로운 말을 하는 이유를 헤아려보는 것이에요.

어쩌면 나 역시도 알게 모르게 누군가에게 상처가 되는 말을 한 적은 없는지 생각도 해보고요.

나와 너의
마음을
바라보며

말다툼, 그 후

가까운 사람과 말다툼을 시작하면 종종 서로에게 돌이킬 수 없는 상처를 남기곤 합니다. 시간이 흐르면 상처를 덮을 수는 있지만, 한 번 깊게 파인 상처는 꽤 오랜 시간 동안 쓰라림을 안깁니다.

서로 가까운 사이일수록 상대방이 어떤 말에 가슴 아파하는지, 어떤 부분을 지적하면 힘겨워하는지 잘 알고 있습니다. 그래서 사소한 일로 시작된 말다툼조차 걷잡을 수 없이 커지기도 합니다. 아는 사람이 더 무섭다는 말이 괜히 있는 게 아니지요. 가까운 사이일수록, 사랑하는 사이일수록 보듬으며 지내야 할 텐데, 가끔 가장 큰 상처를 남기기도 합니다.

매번 조심해야겠다고 다짐하면서도, 또 어느새 마치 폭주 기관차가 된 것처럼 질주하다가 멈칫한 경험이 있을 거예요. '아, 이 말은 하지 말았어야 하는데…'라고 후회해도 이미 돌이킬 수 없을 때가 많을 거고요. 다시는 상처를 주는 말을 하지 않겠다고 다짐을 해보지만, 그 다짐을 잊고 다시금 실수를 반복하곤 합니다.

말다툼을 피할 수 없다면, 최소한 상대방의 급소에 일침을 가하는 일은 하지 않겠다고 생각해 보세요. 사랑하는 사람이 나 때문에 상처받는 것은 결국 내가 상처받는 것과 다를 바가 없습니다.

긴 하루 끝에서

아침에 눈을 뜨고 밤에 잠들 때까지, 잘 버텨내야 하는 날이
있습니다.

잘 떠지지 않는 눈꺼풀을 억지로 밀어 올리며 시작한 하루
를 힘겹게 마치고, 집에 다다르면 무릎이 풀썩 꺾이며 현관에
서 신발을 벗기도 전에 바닥으로 쓰러지는 자신을 마주하는
날…. 총과 칼을 들고 전쟁터에 나갔다가 돌아온 것도 아닌데
어두운 골목을 지나 겨우 집에 도착하자마자 오늘도 '생존'했
다는 느낌이 밀려오며 눈물이 왈칵 쏟아지는 날….

다들 하루하루를 버티며 한 달, 일 년… 그렇게 세월을 엮어
가는 것인지 문득 궁금해집니다.

다음 날을 생각할 틈도 없이 지쳐 잠에 빠지는 일이 자주
일어나지 않길 바라봅니다. '그래, 가끔 이토록 힘든 날도 있
지.'라고 생각하며 애써 자신을 다독입니다.

내일은 잘 버텨내는 하루가 아닌, 잘 살아가는 하루가 당신
을 찾아가기를!

나와 너의
마음을
바라보며

설토야.
조언 하나
해줄게!!!

응, 한번 해봐~

좋은 말이지만 듣기 싫은 말

나를 위한 좋은 조언이 가끔 듣기 꺼려질 때가 있습니다.

'알아. 다 아는데, 듣고 싶지 않다고!'

아무리 좋은 말이라고 해도 반발심이 커질 뿐이니, 결과적으로는 좋은 조언으로 기억되지 않습니다.

반대로 내가 누군가에게 조언을 해야 하는 상황에 놓이면, 조언을 듣고 있는 사람의 눈치를 살피게 되기도 합니다. 이런 말을 해도 되는지, 좋은 의도로 건넨 말인데 괜한 오해를 사는 건 아닌지 등 이런저런 고민을 하며 선뜻 말을 꺼내기가 망설여집니다.

득이 되는 조언일지라도, 조언을 할 때와 조언을 들을 때 모두 무척 조심스러워지더군요.

무엇보다 조언의 내용을 잘 소화하는 것이 중요하다는 생각이 듭니다. 그래야 서로 기분 상할 일 없이, 좋은 모습을 보여줄 수 있을 테니까요.

마음을 출력할 수 있다면

마음을 오해 없이 전달한다는 것, 쉬운 듯 보여도 참 어려운 일입니다. 마음은 눈에 보이지 않으니 여기저기 짚어가며 설명할 수도 없고, 카메라로 찍어서 보여줄 수도 없는 노릇인 데다, 속을 뒤집어 탈탈 털어낼 수도 없습니다.

한정되어 있는 단어와 문장으로 내 속마음을 고스란히 전달하고 싶어도 내 마음에 차지 않습니다. 자칫 잘못했다가는 오해가 생겨 괜히 속만 상하기 쉽습니다. 이럴 때면, 내 마음을 그대로 출력할 수 있는 프린터가 있으면 좋겠다는 상상을 해봅니다. 내 감정에 따라 종이의 색도 다르게 나오고, 적절한 서체도 선택할 수 있다면 더욱 좋겠네요. 그럼 그동안 온전히 전하지 못했던 속마음을 속 시원하고 정확하게 알려줄 수 있지 않을까요?

나와 너의
마음을
바라보며

상처가 아물기 위해서는

믿는 도끼에 발등 찍혔다는 경험담, 주위에서 심심찮게 들을 수 있습니다. 배신을 당한 사람은 상황을 파악하고, 수습하고, 따져 묻고, 억울해하느라 정신없이 지내는데, 배신을 한 사람은 '그저 일을 저지르고 끝'인 경우가 많습니다.

상처가 아물어도 후유증은 참 오래가지요? 비슷한 도끼만 봐도 욱신거리기도 하고요. 그동안 철석같이 믿어온 사람으로부터 예고도 없이 받은 배신은 애먼 사람들에 대한 신뢰에도 큰 영향을 미칩니다. 이 같은 경우, 혼자 고통을 끌어안으면 사람을 향한 믿음 자체를 잃어버리게 될 가능성이 커집니다.

누군가로부터 배신을 당했다는 생각이 든다면 자신이 가장 신뢰하는 사람을 붙들고 울어버리세요. 이를 통해 사람을 향한 믿음을 지키는 것은 물론 배신한 사람에게 받은 상처도 보듬을 수 있습니다. 이렇게 하지 않는다면, 배신으로 인한 분노는 곧 억울함으로 변해 나를 덮칠지도 모릅니다.

배신이라는 상처를 받았을 때, 자신이 가장 신뢰하는 사람

에게 의지해 보세요. 내 곁에 의지할 수 있는 사람이 있다고
느껴지는 순간, 상처로 생긴 불신을 잠재울 수 있을 겁니다.

말하기와 듣기

얼굴에 입이 하나이고 귀가 두 개인 이유는, 말을 적게 하고 상대방의 말을 더 귀담아들으라는 의미라고 합니다.

소통의 기본은 '대화 방식'을 지키는 것입니다. 대화를 할 때는 말하기와 듣기 사이의 균형을 잘 잡아야 하죠. 이 두 가지 요소가 적절하게 섞이지 않으면, 대화의 불균형이 일어나고 결국 소통이 어려워지게 됩니다.

자기가 하고 싶은 말만 하고는 귀를 닫아버리는 사람을 만나기도 합니다. 가까이 있는 사람이 이 같은 행동을 하면 정말

가만히 좀
들어줄 순 없어?

… 듣는 게 뭔데?

난감하지요. 공감을 통해 위로의 창구가 되어야 할 대화가 짜
증스러워지는 지름길은 바로 상대방의 말은 전혀 듣지 않고
자신의 이야기만 하는 것이 아닐까요?

　말 한 마디를 하고 싶으면 상대방의 말 두 마디를 먼저 들
어주세요. 이러한 대화 방식은 자연스럽게 소통으로 이어지게
됩니다. 처음에는 한 마디라도 더 하고 싶어서 입이 근질근질
할 수도 있지만, 대화를 계속 이어나가다 보면 입만 있고 귀는
없는 사람은 되지 않을 거예요.

말보다 강한 침묵

침묵도 대화의 한 방법이라고 합니다.

'말을 하지 않고 대화를 할 수 있을까?'

의문이 들기도 하겠지만, 곰곰이 생각해 보면 쉴 새 없이 말하는 것보다 묵직한 비언어적 표현인 침묵이 더 깊게 마음을 파고들 때가 있습니다. 침묵하는 사람의 표정과 몸짓, 눈빛을 보다 보면 말로 다 표현하지 못하는 감정이 고스란히 느껴지곤 합니다. 굳이 말을 주고받지 않더라도 이는 일종의 '대화'라고 할 수 있겠지요.

다만 침묵에는 좋은 침묵과 나쁜 침묵이 있다는 사실을 기억해야 합니다. 말로 다 할 수 없는 마음을 침묵으로 표현할 수 있다면 좋은 침묵입니다. 반면 대화를 막거나 소통을 방해하는, 그러니까 말을 해야 하지만 억지로 말을 하지 않는 침묵은 나쁜 침묵입니다.

나도 모르게 심통이 나서

타인이 특별히 나에게 잘못한 일도 없고 유독 운이 나쁜 일도 없는데, 괜히 심통이 날 때가 있습니다. 자신조차도 이해할 수 없는 짜증을 내고 있는 모습을 마주할 때면 난감하기 짝이 없습니다. 심통이 난 원인을 모르니, 이 심통을 해결할 수 있는 방법도 알 길이 없습니다. 툴툴, 괜히 곁에 있는 사람들에게 뾰족한 말을 내뱉으며 입을 삐죽거리게 됩니다.

다음 날이 되면 오늘 부린 심통에 대한 민망함과 미안함이 몰려와 온몸을 배배 꼬더라도, 오늘만큼은 이해해 주었으면 좋겠다고 바라봅니다. 나중에 후회할 것이라는 사실을 뻔히 알면서도, 누구나 이유도 없이 괜스레 심술이 나는 날이 있잖아요.

툴툴, 툴툴….

틀린 것이 아니라 다른 것

'무리를 이루면 바보가 된다.'라는 말이 있습니다. 이는 스스로 판단을 하기도 전에 다수의 의견을 따라 우매한 결정을 하는 상황을 뜻합니다. 무리 속에만 있는 사람들은 '다른 생각'을 '틀린 생각'이라고 여겨 잘못된 판단을 내리고, 그것이 잘못된 판단인지조차 깨닫지 못하기도 하지요.

이처럼 다름을 틀림으로 규정짓는 경우가 종종 있습니다. 때로는 무리에 속해 있다는 이유만으로 원치 않는 결정을 강요받을 때도 있고, 억지로 무리의 편을 들어야 할 때도 있습니다. 다른 것을 틀린 것으로 받아들이는 사람은 누군가에게 자신의 판단도 '틀린 것'이 될 수 있다는 사실을 왜 모를까요?

남들이 가는 길이 곧 옳은 길이라고 여겨지는 세상에서 남들이 가지 않는 길을 선택하는 순간, 스스로 감내해야 하는 일들은 꽤 많습니다. 그럼에도 중압감을 견디고 다수로부터 자신의 소신을 지켜낸 이들에게 열렬한 응원을 보냅니다.

당신은 결코 틀리지 않았습니다.

나와 너의
마음을
바라보며

어느 날
갑자기
나도 모르게

마음이 툭

마음이 무겁다고 생각하고 있었지만 마음이 통째로 떨어져 나갈 줄은 몰랐습니다. 상처를 받은 만큼 마음이 바스러질 때는 있었지만 이토록 몸이 휘청거릴 만큼 마음이 크게 떨어져 나가다니요. 평소와 다름없이 하루를 보내다 몸을 돌리는 순간, 몸통 가운데가 뻥 뚫려버리는 경험이 있을 겁니다.

아픔을 느낄 새도 없고 이 일을 어찌해야 좋을지 아무런 생각도 들지 않는 암담한 상황을 맞닥뜨리게 된다면, 마음이 얼마나 다쳤는지 먼저 살펴봐야 합니다. 이 마음을 다시 끼워 넣을 수 있을지 아니면 다른 마음으로 채워야 할지 알아야 하니까요. 그다음에 마음이 언제부터 무거워지기 시작했는지, 어디에 상처가 생겼는지 생각해도 늦지 않습니다.

치유가 필요한 시간

마음의 작은 상처는 약을 좀 바르고 며칠이 지나면 새살이 돋겠지만, 자신을 휘청거리게 만들 정도로 큰 마음의 상처라면 어떻게 해야 할까요? 떨어져 나간 마음을 쉽게 버릴 수도 없고 말이에요.

커다란 마음 덩어리가 떨어져 나간 후에 할 수 있는 가장 적절한 응급 처치 방법을 알려드릴게요. 먼저 바닥에 나뒹구는 마음을 조심스럽게 매만지며 원래 있던 자리에 다시 채워 줍니다. 대신 상처가 난 부분이 덧나지 않도록 틈새마다 꼼꼼히 '자기애'라는 연고를 발라야 합니다. 자, 이제 마음 덩어리와 내 몸이 잘 붙도록 신경 써야 해요. 반창고 몇 장을 붙인다고 해서 쉽게 아물 수 있는 상처는 아니니, 몇 바늘 정도 꿰매야 하는 노력이 필요할 수도 있습니다.

처음에는 어금니를 깨물며 참아야 할 만큼 고통이 느껴질 겁니다. 하지만 그 순간을 잘 견디면 시간이 흐를수록 마음은 더욱더 단단하게 자리를 잡을 수 있습니다. 비록 흉터는 크게

남겠지만, 그 흉터는 지난 상처를 억지로 외면하지 않고 치유
할 수 있도록 도와줄 거예요.

나와 너의
마음을
바라보며

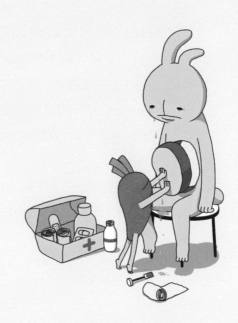

누구나 비밀의 방은 있으니까

아무도 모르는 이야기가 있습니다. 나를 관통하고 지나갔지만, 과거가 되지 못하고 여전히 나의 그림자 속에 숨어 나를 따라다니고 있지요. 가장 가까운 친구에게만 힘겹게 털어놓을 수 있었거나 술김에 길바닥에서 소리칠 수 있었던 이야기. 아니면, 입 밖으로 꺼낼 생각만 해도 심장이 떨리고 온몸에 힘이 빠져버리는 이야기….

누구에게나 자신만의 비밀을 꾹꾹 눌러 넣고 문을 닫아버린 비밀의 방이 있습니다. 숨겨 둔 상처를 마주해도 두려워하

다시 잠가야 할

그 순간들
그 사람들
그 말들…

지 않을 용기가 생긴다면, 그 방으로 걸어가 문을 열고 안으로 발을 디딜 수 있을 겁니다. 그때가 언제일지 모르지만, 그 전까지는 그냥 모른 척 지나치며 지내도 괜찮아요. 다만 비밀의 방에 들어설 수 있는 용기를 키우기 위해 마음을 튼튼하게 만들어야 합니다. 상처를 제대로 마주할 수 있을 때 비로소 '나'라는 사람이 잃어버렸던 자신의 조각을 찾게 될 테니까요.

먼저 마음의 복도를 오가며, 비밀의 방을 바라보는 것부터 시작하면 어떨까요?

솔직하게, 따뜻하게

사람과 사람 사이, 솔직하게 이야기를 나눌 수 있는 시간이 많을까요? 생각 외로 그리 많지 않습니다. 가까운 사이라면 서로에게 상처를 줄까 봐 염려가 되어서, 가까운 사이가 아니라면 서로에 대해 잘 알지 못하기 때문에 마음을 터놓고 대화를 나누기 쉽지 않습니다.

눈앞에 힘들고 어려운 길이 있거나 행여 잘못된 선택을 하기 전에, 타인이 건네는 애정 어린 솔직한 조언은 진실되고 진중하게 다가올 뿐만 아니라 따뜻함도 전해주지요. 솔직한 조언이 따뜻하게 느껴지기 위해서는 배려하는 마음이 있어야

하고 말해야 할 시기도 잘 파악해야 합니다.

대부분의 사람들은 솔직함을 좋은 대화의 요건으로 여깁니다. 하지만 상대방을 배려하지 않고 내뱉은 솔직한 말은 독설로 변질되기 쉽답니다. 오히려 호의적인 관계를 방어적으로 만들고 결국 모두에게 상처를 남기고 말 거예요. 대화를 시작할 때의 마음은 따뜻했을지 모르지만, 서툰 솔직함은 차가운 얼음 조각이 되어 상대방을 공격합니다.

솔직한 조언을 통해 원만한 대화를 이끌고 싶다면, 상대방의 마음을 먼저 살피고 배려해 주세요.

더 나은 내가 되기까지

주변에 온실의 화초처럼 자란 사람, 즉 고난과 역경, 어려움을 겪지 않은 탓에 작은 일에도 쉽게 무너지는 사람이 있습니다. 잡초처럼 힘들게 인생을 살아가야 할 필요는 없지만 고난은 간혹 삶의 큰 자양분이 되기도 한답니다. 물론 고난을 이겨낼 만한 힘이 있어야겠죠.

한 대 얻어맞고 쓰러져도 괜찮습니다. 상처가 난 곳에 약을 발라 잘 아물면, 다시 벌떡 일어설 수 있으니까요. 시간이 흘러 또 상처가 나는 날이 찾아올지도 모릅니다. 힘겨운 날이 자주 반복되지 않으면 좋겠지만, 먼 훗날이든 가까운 시기이든 힘겨운 일은 언젠가 들이닥칠 겁니다. 두 번째로 받는 상처는 덜 아플까요? 그럴 수도 있겠지만, 고통은 매한가지일 겁니다. 하지만 다시 일어설 수 있는 방법, 덜 아플 수 있는 방법, 때로는 피할 수 있는 방법 등을 배운 덕분에 자신을 아프게 만드는 말과 상황에 잘 대처할 수 있게 됩니다. 마음을 지키는 방법을 알아가는 것이지요.

여리기만 했던 마음에도 점점 근육이 붙습니다. 지혜가 싹 트고, 요령이 생기기도 할 거예요. 앞으로 다가올 어려움을 극복할 수 있는 자신만의 무기를 갖추게 되는 셈입니다. 결국 이것들은 자신을 지켜주는 힘이 되고요.

날
강하게 만들어준 말,
잊지 않을게요.

chapter 3

마음에게 안부를 물어본다면

작지만 단단하게

건강, 가족, 꿈…. 삶을 살아가는 데 있어 소중한 것을 꼽을 때 열 손가락 안에 드는 것들이죠. 행복하게 살기 위해서는 어느 것 하나 빼놓을 수 없습니다. 이 요소들은 외부로부터 주어지는 것이 아니라 나 자신으로부터 번져나가야 해요. 먼저 끊임없이 나를 살펴봐야 합니다. 혹여 다치고 흠집이 난 부분이 있다면, 꿰매고 다듬으며 매만져야 하겠지요. 비록 매만지는 그 손끝이 아직 여리고 서툴러도 계속해야 합니다.

자신을 단단하게 만들면, 단단해진 자신을 씨앗 삼아 행복은 싹을 틔울 겁니다. 순식간에 탄력 있고 유연한 줄기를 쭉쭉 뻗어 올리고 보드라운 잎사귀를 만들고, 머지않아 아름다운 꽃도 피우며 결실을 맺게 될 거고요. 행복은 싹을 틔우기만 하면 스스로 양분을 만들며 자라날 수 있습니다. 처음 싹을 틔우는 일이 가장 어려울 거예요. 모든 행복의 시작이 되는 씨앗을 단단하게 만드는 노력이 가장 중요합니다.

일주일의 상처를
치유할 수 있는 곳으로
가야지

오로지 나를 위한 시간

하루 중 저녁때, 일주일 중 주말… 모든 이들에게 쉬는 시간이 필요합니다. 온종일 혹은 일주일 내내, 상처를 받았든지 안 받았든지 상관없이 말이에요. 험난한 '평일의 산'을 오르며 얻은 상처와 잔뜩 쌓인 피로, 극심한 스트레스를 나만의 '베이스캠프'에서 잘 다독여야 합니다. 이러한 과정이 없이 다시 평일이라는 산을 올라야 한다면 첫발부터 다리가 후들거릴지도 모릅니다.

휴식은 놀이와 엄연히 다르다는 사실을 기억하세요. 경치 좋은 곳으로 떠나거나 공연 혹은 영화를 본다는 생각만 해도 즐겁다는 마음보다 피곤하다는 마음이 먼저 들 때도 있습니다. 이때는 이렇게 해보면 어떨까요? 방 안에 있는 그 어떤 조명과 기기도 켜지 않은 채(특히 핸드폰을 끈다면 정말 좋겠습니다.) 아무런 계획도 세우지 않고 일단 침대에 편하게 눕습니다. 누운 다음에 무엇을 하냐고요? 그저 천장을 바라보는 거죠. 천천히 눈을 껌뻑이며 가만히 누워 있으면 됩니다. 아마 시간이 얼마 지나지 않아 졸음이 몰려올 텐데, 그대로 잠에 들기를 즐기는 거예요.

일상을 지내면서 받은 상처를 치유하기 위해서는 평온한 휴식을 취해야 합니다. 그래야만 오로지 내 모습을 바라볼 수 있는 틈이 생길 거예요.

그래야 할 때

아무리 감정과 생각을 명료하게 표현하며 살고 싶어도, 울어야 할 때 참아야 하는 경우가 있고 심지어 웃어야 할 때도 참아야 하는 경우도 있지요. 즐거울 때 드는 감정은 표현하기가 쉽지만, 슬플 때 드는 감정은 꾹꾹 압축하게 됩니다.

이 같은 상황을 반복하다 보면 내 마음조차 헷갈리기 시작합니다. 슬픈 상황에 부딪히면 눈물을 흘리고 마음을 다독여야 하는데, 감정을 외면한 채 자신을 보살피고 위로하는 과정을 건너뛰게 되는 거죠. 막상 울고 싶을 때 울 수 없게 될지도 모릅니다. 어쩌면 눈물은 흘릴 수 있겠지만 진정한 마음의 눈물은 터트리지 못하게 될 수 있어요. 어떻게 마음으로 울어야 하는지 잊어버린 겁니다.

마음으로 우는 방법을 다시 알게 될 때까지, 연습을 해야 하는데 이게 또 쉽지가 않습니다. 감정을 표현하는 것 자체가 어색하기도 할 거고요. 여태 감정을 잘 억누르며 살아왔는데 굳이 표현할 필요가 있을까 싶기도 하겠지요. 마음을 솔직하게 드러내는 데 어려움이 생기게 됩니다.

　마음이 자유롭게 숨을 쉴 수 있도록 해주세요. 슬플 때 혹은 아플 때라도, 소리 내어 울 수 있게 내버려 두세요. 울고 싶을 때 울고 웃고 싶을 때 웃는 것, 지금부터라도 이토록 당연한 것을 할 수 있도록 노력하면 어떨까요?

나는 언제나 네 편

무슨 짓을 해도 내 편을 들어주는 사람이 한 명이라도 있다면 성공한 인생이라고 말합니다.

'내 편'이라고 하면 가장 먼저 가족이 떠오를 거예요. 그리고 친구도 빠질 수 없습니다. 가족과 학교의 울타리 안에서 지내던 학창 시절을 벗어나 밥벌이를 시작하고 나면, 내 편의 존재가 더욱 절실해지곤 합니다. 아무래도 사회에서는 냉정한 평가와 비난이 따뜻한 위로와 인정보다 잦으니까요. 실수라도 저지른 날이면 궁지에 몰려 옴짝달싹하지 못하기도 합니다. 이때,

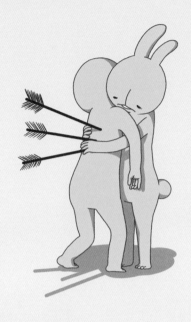

바로 내 편이 되어줄 사람이 간절하게 필요해집니다.

어설픈 위로의 말을 하기보다 조용히 곁에서 커피 한 잔을 건네주는 사람, 나의 잘잘못을 따지며 조언하기 전에 나를 일으켜 세우며 부축하는 사람, 억지로 울음을 삼키고 있는 내가 실컷 울 수 있도록 어깨 한쪽을 내주는 사람…. 이런 존재가 곁에 있다면 정말 든든할 것 같습니다. 그런 사람, 주변에 있으신가요? 또 내가 다른 누군가에게 든든한 존재가 되어주고 있나요?

있지···

마음에게
안부를
물어본다면

마음에게
안부를
물어본다면

나를 믿어주는 사람

누군가 나를 믿어준다는 생각만 해도, 든든하고 고마워집니다. 가끔 나도 나 자신을 믿지 못하는데 다른 사람이 어떻게 나를 믿을 수 있을지 의문이 들기도 하겠지만, 이내 벙싯 웃을 만큼 기분이 좋아지지요. 불가능하게 보이던 일도 왠지 거뜬하게 해낼 수 있을 것 같고, 움츠러들었던 어깨도 '으라차차!' 하며 쫙 펼 수 있도록 용기를 북돋우기도 합니다.

믿는다는 말은 진심을 주고받을 수 있는 관계에서 더욱 큰 울림을 가져다줍니다. 보잘 것 없는 돌멩이도 황금으로 바꿀 수 있는 연금술 같은 힘이 내재되어 있어요.

나에게 믿는다고 말해준 타인에 대한 고마움과 믿음에 대한 책임감, 그리고 나라는 존재가 누군가에게 신뢰를 줄 수 있을 만큼 가치가 있다는 사실을 깨닫게 되며 생겨나는 자존감…. 실제로 적당한 부담감은 책임감을 부여해 마음에 힘을 보탠다고 합니다. 타인을 향한 무조건적인 믿음은 무엇보다 뜨거운 응원일 거예요.

아픔을 청소하는 중

환시는 극단적 고통을 경험한 후 느낄 수 있는 의식 장애 중 하나입니다. 일종의 헛것을 보는 현상이에요. 벌레나 사람이 보이기도 하고, 실재하지 않는 것들이 눈앞에 나타나는 증상을 겪기도 합니다. 또 아무리 지우고 닦아도 계속해서 오물이 몸에 흘러넘친다는 생각에 사로잡히는 경우도 있습니다. 이미 지나간 고통이지만, 지난 고통이 남긴 그림자가 오래도록 남아 후유증에 시달리게 되는 것이지요.

세상 모든 일에 끝이 있듯, 내가 처한 문제와 겪고 싶지 않은 일도 언젠가는 끝나기 마련입니다. 끝난다고 해서 바로 아무렇지 않게 예전의 나로 돌아가기란 쉽지 않습니다. 어지러워진 주변을 정돈하고 만신창이가 된 자신을 돌보다 보면, 때론 환시를 겪기도 하겠지요. 그럴 때는 깨끗한 수건으로 마음 구석구석을 닦아야 해요. 정성스레 마음을 닦아내고, 씻겨주고, 다독여야 합니다. 시간이 점차 흐르면, 마침내 말끔해진 자신을 발견할 수 있을 것입니다.

가장 듣고 싶은 말

'곁에 있을게.'

짧지만 강력한 위로의 힘을 가진 말입니다.

타인에게 위로를 건넬 수 있는 말은 다양할 겁니다.

'힘내.' '잘될 거야.' '좋은 날이 올 거야.' '그 사람이 잘못했네.'

그럼에도 불구하고 타인의 상황을 자세히 알 수 없고 타인의 감정을 전부 공감할 수 없는 탓에, 이 같은 위로의 말은 허공에서 힘없이 흩어질 때가 많습니다.

그럴 때 '곁에 있을게.'라고 말해보세요. 이 말은 절벽 위에

서 있는 듯 위태로웠던 타인에게 큰 위로를 선사할 거예요.

군이 말로 표현하지 않아도, 묵묵히 함께하는 시간과 공간
은 아픔을 나눌 수 있게 만듭니다. 말로 다 하지 못했던 감정
을 표정과 눈빛, 몸짓 등으로 표출할 수 있습니다.

주변에 있는 누군가가 힘들어하고 있는데 정작 무슨 말을
꺼내야 할지 모르겠다면, 곁에 있겠다고 말한 다음 옆에 가만
히 앉아 시간과 공간을 공유해 보세요. 곁에 있을게, 이토록 간
결하고 명료한 다섯 글자가 가진 위로의 힘은 굉장할 거예요.

끈으로 이어진 인연

사람과 사람 사이, 수많은 끈이 이어져 있습니다. 어떤 끈은 색이 바래고 마른 채 버려져 있고, 어떤 끈은 너무 팽팽하게 당겨져 있어 언제 끊어질지 모를 만큼 위태로워 보이고, 또 어떤 끈은 반짝반짝 빛을 발하며 기분 좋게 연결되어 있기도 하네요.

색, 길이, 탄력, 심지어 촉감까지 모두 다른 끈들이 타인과 나 사이를 잠시, 혹은 평생의 시간 동안 이어주고 있습니다. 인연의 끈은 내가 타인에게 던져 준다고 해서 이어지는 것도

아니고, 타인이 나에게 걸쳐 둔다고 해서 이어지지도 않습니다. 서로를 이어주고 있는 끈을 서로가 잘 붙잡고 있어야 비로소 인연이 시작되고 유지될 수 있습니다.

끈을 단단하게 잡고만 있는 것이 아니라, 간간이 상대방이 끈을 잘 잡고 있는지 확인도 해보고, 끈이 상한 부분은 없는지 계속해서 관리도 해야 합니다. 또 서로를 끊임없이 관찰하고 바라보아야 인연의 끈이 오래도록 튼튼히 이어지게 된다는 사실을 기억하세요.

똑똑똑, 문을 두드리는 소리

누군가의 마음에 닿고 싶을 때가 있습니다. 그 '누군가'는 타인일 수도 있고, 나 자신일 수도 있어요.

'저 사람의 마음은 어떤 상태일까?'

'나의 마음은 어떤 모습일까?'

이러한 호기심으로, 마음이라는 곳에 닿고 싶다는 바람을 가지게 됩니다. 마음을 통과할 수 있는 초고속 엘리베이터가 생겨, 내가 서 있는 자리에서 단숨에 마음으로 이동할 수 있다면 좋을 텐데….

때로는 마음속 깊은 곳까지 금세 다다를 수 있기도 할 거예요. 하지만 자주 이루어지는 일은 아닙니다.

차근차근, 멈추지 않고 계속해서, 꾸준하게! 이는 마음에 도달하는 데 필요한 방법입니다. 서두르지 말고, 급하게 달려가지도 말고, 가슴속을 둘러보면서 조금씩 깊게 들어가면 '아! 저기가 마음이구나.' 하는 순간을 만날 수 있습니다.

속는 셈 치고 오늘, 내 마음을 향하는 문을 하나 찾아보세요. 문이 어떻게 생겼는지 정확하게 알 필요는 없습니다. 그저 문을 연다는 상상을 하며 가만히 앉아 곰곰이 생각해 보세요. 첫 번째 문을 찾아 열었다면 두 번째 문을 생각하며 다음 문을 찾아보세요.

그렇게 천천히 문을 열어나가면 됩니다. 마지막 문 앞에 닿을 때까지, 그리고 그 문을 열 때까지 차근차근, 멈추지 않고 계속해서, 꾸준하게 마음속으로 가보세요.

이별 후

이별의 후유증은 어찌나 강력한지, 이별 직후에는 강력한 태풍에 휩싸인 듯 엉망인 상태가 됩니다. 사방으로 흩어진 마음의 조각을 추스르는 일도 할 수 없을 정도로 말이지요.

이별이라는 아픔으로 인해 갈기갈기 찢어진 마음을 하나하나 꿰매어 봅니다. 거울 앞에 서서 내 모습을 바라보면 전과는 많이 다른 모습일 거예요. 여기저기 아물지 않은 상처도 보이고, 아물더라도 흉터가 고스란히 남아 있기도 할 테니까요.

말끔했던 처음의 나로 돌아갈 수 없을 것입니다. 이별은 아프지만, 새로운 나를 만나게 해주는 관문이 되기도 합니다. 이별을 겪을 때 할 수 있는 일은 그저 시간이 흐르길 기다리는 일뿐이지요. 상처가 잘 아물 수 있도록 도우면서 연분홍빛 흉터가 옅어지기를 바라면서 말이에요. 그 이상 애쓰지 않아도 됩니다. 더 이상 애쓸 수도 없고요.

용서한다는 말

"내가 얼마나 억울한 줄 알아? 그 사람이 나한테 어떻게 이럴 수가 있어!"

부드러운 분위기에서 차근차근 대화를 하다가, 이제 그만 용서하라는 조심스러운 제안에 상대방은 울분을 터트리고 맙니다. 용서를 하기에는 여전히 억울한 마음이 남아 있기 때문일 거예요. 상처가 깊은 만큼 복수하고 싶은 마음도 깊어지기 마련입니다. 상대방의 행동을 되갚을 수 있는 방법을 생각하는 데 마음과 시간을 쏟게 되지요. 나의 삶이 나를 중심으로 돌아가지 못하고 나에게 창을 꽂아버린 상대방을 중심으로 돌아가게 되는 기이한 순간…. 복수에 몰두하면 괴로운 삶이 계속될 텐데, 더 억울하지 않을까요? 상대방으로부터 벗어나고 싶어 선택한 복수는 상대방과 더 복잡하게 얽히는 결과를 초래할지도 모릅니다.

누군가에게 용서하라고 말하기가 참 어렵습니다. 특히 공멸하는 편이 더 낫다고 소리치는 사람에게 용서하라고 권유하는 것은 불난 집에 기름을 붓는 행동보다 더 위험한 행동일 거예요. 그러나 상처를 준 사람에게 달라질 기미가 전혀 보이지 않는다면, 상처를 입은 사람이 살기 위한 최후의 방법은 결국 용서입니다. 상처를 준 사람에 대한 이해를 바탕으로 한 용서가 아닌, 상처를 입은 사람이 잘 지내기 위해서 한 선택이에요.

용서를 한다고 해서 세상이 달라지진 않습니다. 상처가 사라지지도 않고, 상대방이 갑자기 개과천선하지도 않습니다. 대신 마음이 달라집니다. 끝없이 타오르던 화의 불길이 사그라들고, 발목을 죄고 있는 억울한 감정의 족쇄도 스르륵 풀리게 됩니다. 용서는 결국 자기 자신을 위한 가장 현명하고 평화로운 마음이지 않을까요?

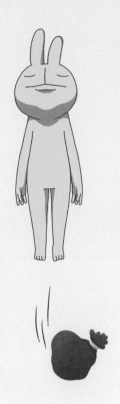

마음에게
안부를
물어본다면

스스로를 위로할 것

다른 사람에게는 따뜻하고 섬세하면서, 왜 유독 자신에게만 엄격할까요? 조금만 게으름을 부려도 나태해졌다며 스스로를 혼내고, 작은 실수에도 자책을 하곤 합니다.

홀로 도망친 다음 쓰러져 있고 싶은 순간이 있습니다. 그런데 생각해 보면 애써 혼자 있게 되어도 끝내 마음을 다독이지 못할 때도 있습니다. 자책하거나 실망하고, 나 자신을 돌보기도 전에 매섭게 다그치면서 어설픈 다짐과 결심을 하기도 하겠지요.

혼자 있고 싶을 만큼 지쳐 있다면, 가장 먼저 나 자신을 찾아가야 합니다. 마음속에 갇혀 울고 있을 나에게 말을 걸어야 합니다. 만약 마음속의 내가 추워서 떨고 있다면 도톰한 이불을 덮어주고, 화가 나서 소리치거나 하소연을 하고 있다면 끝까지 이야기를 들어주면 됩니다. 마음속에서 혼자 고군분투하고 있는 나를 만나 살뜰히 챙겨주어야 합니다. 자책이나 결심, 다짐 그런 것들은 나중에 해도 늦지 않습니다.

마음에게
안부를
물어본다면

힘내지 않아도 된다고

상처투성이인 모습인데도 괜찮다며, 걱정해 주는 상대방부터 걱정하는 사람…. 그 모습에 가슴이 아프면서도 화가 나기도 합니다.

'울어도 되는데…. 아프다고 하소연해도 되는데…. 왜 참고만 있는 거야?'

힘든 일을 겪고 있을 때 다른 사람의 가슴에 안겨서 솔직하게 눈물을 쏟아내는 이가 있는가 하면, 씩 웃으며 이 정도의 고통은 아무것도 아니니 신경 쓰지 말라고 말하면서 오히려 다른 사람을 위해주는 이도 있습니다.

네가
따뜻하게
안아주니
위안이 돼

전자의 경우처럼 눈물과 콧물을 모조리 쏟는 사람이 더 좋습니다. 후자의 경우는 오히려 아픔이 두세 배로 전해져 위로를 건네는 사람까지 휘청거리게 만들거든요. 끝까지 버티려고 안간힘을 쓰는 모습을 보는 일이 더 괴롭더라고요.

때로는 곁에 있는 사람에게 기대는 일도 필요합니다. 혹시 다른 사람에게 의지를 하는 게 민폐가 아닐까 걱정된다면, 다음에 그 사람이 힘겨워하고 있을 때 곁에 있어주면 됩니다. 다른 사람에게 기대어본 사람이 버팀목 역할도 잘 하더군요.

이보다 더 좋을 수는 없을 테니까

말의 힘은 언제 발휘될까요? 바로, 입 밖으로 나오는 순간부터입니다. 말은 최면의 효과도 있어서, 반복해서 듣다 보면 예측이 확신으로 변하기도 하지요. 생각으로만 그치지 말고 내 바람과 포부를 주위에 공공연하게 말하고 다니면, 결국 실현된다고 주장하는 책도 많습니다.

누군가로부터 매일 "예쁘다, 잘한다."라는 칭찬을 듣고 있다고 생각해 보세요. 처음에는 기분이 좋기는커녕, 어색하고 불편할 수도 있습니다. '나를 놀리는 건가? 아니면 내가 우습게 보이나?'라고 생각되며 불쾌할지도 모릅니다. 그럼에도 불구하고 그 누군가가 아랑곳하지 않고 반복해서 "예쁘다, 잘한다."라고 말해준다면, 점점 스스로를 다시 보게 될 거예요. 자신의 예쁜 점과 자신이 잘하는 점을 스스로 찾아보게 됩니다. 그렇게 차츰차츰 장점을 찾다 보면 계속 좋은 모습을 발견할 수 있습니다. 마침내 칭찬의 말을 믿게 되고, 칭찬은 곧 사실이 됩니다. 당당하고, 자신감이 충만하고, 기분 좋은 에너지를 뽑는 사람으로 살아가게 되는 것입니다.

가능성도 마찬가지입니다. 가능성은 '이루어낼 수 있는 확률'을 뜻하는 것으로, 일종의 예측에 불과합니다. 그러므로 예측을 100퍼센트 확률의 확신으로 바꾸기 위해서는, 마음가짐이나 능력도 중요하겠지만 주위 사람들의 신뢰와 격려 역시 무척 중요합니다.

내가 가지고 있는 날개를 볼 줄 아는 사람이 건네는 응원의 말은 '내가 날 수 있을까?'라는 생각을 '나는 날 수밖에 없어!'라는 신념으로 변화시킬 거예요.

마음에게
안부를
물어본다면

마음을 보여주는 기쁨

배고픈 사람에게는 밥 한 끼가 힘이 됩니다. 허기가 채워져야 마음을 가다듬을 수 있기도 하니까요. 이처럼 배고픈 사람에게 힘을 나누어 주려면, 내 밥그릇에서 밥 한 숟가락을 푹 떠다가 배고픈 사람의 밥그릇에 얹어주면 됩니다. 그 숟가락 위에 하고 싶은 말이 모두 담겨 있을 거예요. 따뜻한 밥은 몸으로 들어가 마음이 되고, 결국은 힘이 되기도 합니다.

이처럼 말이나 감정으로만 마음을 나누려고 하지 말고, 마음을 행동으로 보여주는 건 어떨까요? 외로워하는 친구에게 "외로워하지 마."라고 위로의 말을 건넬 뿐만 아니라 실제로 곁에 있어주거나, "추우니까 옷 따뜻하게 입어."라고 걱정의 말을 건넬 뿐만 아니라 끼고 있는 장갑 한 짝을 슥 벗어 건네주는 행동 말이에요.

마음을 보여주는 일, 생각보다 간단하답니다.

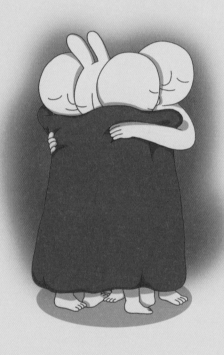

서서히, 느리지만 확실히

마음의 온기를 전할 수 있는 방법은 많습니다. 진심을 담아 편지를 쓸 수도 있고, 따뜻한 차를 선물할 수도 있고, 손을 잡아줄 수도 있죠. 그리고 말없이 안아줄 수도 있을 거예요. 타인을 안는 일이 사실 익숙하지 않지요. 대화를 나누다 보면 백 마디의 조언보다 따뜻하게 한 번 안아주는 행위가 더 큰 힘을 줄 수 있다는 사실을 알면서도, 선뜻 행동으로 이어지기가 쉽지 않습니다.

하지만 힘겨운 시간을 보내고 있는 사람을 따스하게 안아주는 것만큼 마음의 온기를 그대로 전할 수 있는 방법은 없을 거예요. 포옹은 말로는 전하지 못하는 마음의 온도까지 전달할 수 있습니다.

내 곁의 사람이 혹시라도 힘겨운 시간을 보내고 있다면, 위로의 말 대신 위로의 행동을 전해보면 어떨까요? 가족이나 친구, 내가 사랑하고 아끼는 사람들이라면 꼭 안아주세요.

조금씩 나아가고 있다면

우리는 치열하고도 냉정한 사회에서 살아가고 있습니다. 이곳에서 살아남기 위해서는 용기가 필요하기도 합니다. 이는 현실에 꼭 맞서 싸워야 한다는 뜻은 아닙니다. 삶을 전쟁터로 여길 이유는 없지요.

그렇지만 어려움이 닥쳤다면, 용기를 내세요. 작은 돌멩이에도 상처를 입을 만큼 용기가 덜 여물었을 수도 있습니다. 하지만 계속해서 용기를 내세요. 집채만 한 바윗돌이 앞을 가로막아도 나아갈 수 있을 날이 올 거예요.

중요한 사실은 자신이 이 길을 묵묵히 나아가고 있다는 것이고, 그토록 원하는 목적지에 도착할 수 있다고 스스로를 굳건히 믿고 있다는 것입니다. 조금씩 쌓아 올린 자신에 대한 믿음은 쉽게 금이 가거나 녹슬지 않을 거예요.

자신에 대한 믿음을 잃지 않은 채, 지금처럼 계속 나아가기만 하면 됩니다.

chapter 4

상처 난 마음에게

마음에 가시가 돋아서

가슴을 뚫고 작은 가시가 돋아났습니다. 가슴이 간질간질하
다 싶었는데, 가시가 뾰족하게 삐져나왔네요. 언제나 타인을
배려하고 이해심이 많은 성격이라는 사람들의 말처럼, 웬만한
일에는 좀처럼 화를 내지 않았습니다. 나에게 날카로운 화살
이 쏟아질 때조차 막아낼 생각보다 받아주어야 한다는 의무감
을 가졌습니다. 나만 가만히 있으면 모두가 편하다는 생각도
했고, 그저 참는 것이 나를 위한 최선이라고 믿기도 했습니다.

그런데… 오늘 삐져나온 가시를 보고 있으니, 그게 아니었
다는 생각이 문득 듭니다. 마음이 편한 것이 아니었어요. 마음
속에 수많은 가시가 차고 넘칠 만큼 나 자신을 괴롭히고 있었
다는 사실을 깨달았습니다.

나에게 화를 토해낸 사람들과 나에게 의지하기만 했던 사
람들…. 그들은 정작 내 마음을 신경 써주지 않았습니다. 더군
다나 나도 내 마음을 향해 참고 견디라고 주문했습니다.

이제라도 알았으니 다행인 걸까요? 혹은 너무 늦게 알아버

린 것일까요? 일단 작은 가시들을 전부 뽑아보려고 합니다. 전부 다 없애지는 못하겠지만, 하나씩 하나씩 가시를 뽑아내며 마음을 잘 다독이고자 합니다. 가시를 제거하는 고통이 두려워 그냥 내버려 두면, 결국 살과 같이 엉키게 되어 더 큰 고통이 밀려올 테니까요.

지금, 당신의 가슴에도 작은 가시 하나쯤 뾰족하게 삐져나와 있지 않나요? 모른 체하고 있지만 말고 한번 자세히 들여다보세요.

사랑 후에 남은 감정의 조각

내 심장이 한 조각씩 없어지는 것 같은 고통, 내 몸이 한 조각씩 흩어지는 것 같은 고통이 느껴집니다.

'이러다 내가 남아 있기는 할까…?'

사랑이 마침내 끝을 맞이하는 순간, 나라는 사람이 점차 사라지고 있다는 생각에 몸과 마음이 아파옵니다. 이미 갈기갈기 찢어지는 듯한 고통을 느끼고 있었기 때문에 나는 그 사람과 이별할 수밖에 없었을까요?

이별은 나의 존재를 한 번에 무너뜨릴 수도 있을 만큼 강한 아픔을 수반합니다. 사랑했던 마음의 크기만큼 아픈 게 아닙니다. 사랑했던 마음에 상처를 받고, 불안감을 느끼고, 때로는 분노를 하고, 종종 서글프기까지 했던 모든 감정이 더해진 크기만큼 아픈 겁니다.

이 순간에 할 수 있는 일은 아무것도 없을 거예요. 부서지는 스스로를 그저 바라보는 것밖에….

새옷이야…
한번 입어봐

상처 난
마음에게

으…응…

상처 난
마음에게

아플 거야

하지만

나아질 거야…

시간이 지나고 또 지나면

헤어지고 나니 마음이 온통 상처투성이입니다. 떨어져 나간 부분을 찾아 다시 붙이고, 사라지고 없어진 부분은 비슷한 것을 구해서 붙였습니다. 이제 새로운 옷을 입고 좀 쉬어야 할 것 같습니다. 새 옷은 생각보다 마음에 들고, 몸에도 잘 맞습니다. 새것이 주는 어색함이 느껴지긴 하지만, 시간이 흐르면 이조차도 익숙해지겠지요.

겨우 마음의 조각을 맞추고 다시 일어섰습니다. 예전의 나와 다른 내가 되었습니다. 아직은 더 성숙해졌다고 말할 수는 없을 거예요. 시간이 흐르면 괜찮아진다는 말을 수백 번쯤 들었습니다. 사람들의 말처럼 시간에 나를 통째로 맡겨볼 생각입니다. 누군가는 뻔한 말에 지나지 않는다고 하겠지만, 왜 그 말이 그토록 뻔한 말이 되었겠어요? 많은 사람들이 시간의 힘을 믿었고, 시간이 흐를수록 치유가 되었기 때문일 겁니다. 시간이 지나면 괜찮아질 것이라고 나 자신을 위로하려고 합니다. 다만 너무 오래 걸리지 않았으면 좋겠어요.

다시 아프지 않기 위해서는

상처로 가득한 내 마음을 들여다보면, 다른 사람이 쏜 화살이 아닌 내 손으로 꽂은 화살을 생각보다 많이 찾을 수 있습니다. 내 안의 적이 나였다니, 의외지요? 직접 상처를 내는 경우가 아니더라도 마음의 상처를 보고도 아무것도 하지 않고 내버려 두는 것 역시 결국 스스로에게 상처를 내는 일입니다.

상처는 생명력이 강한 편입니다. 쉽게 사라지지도 않을 뿐만 아니라 혼자 덩그러니 살지도 않지요. 마치 잡초와 같아서 상처를 뽑아내도 또 자라나고, 다시 뽑아내도 곧 자라납니다. 마음속 상처를 없애는 일은 그리 간단하지 않습니다. '상처가 여기 있네. 자, 한 번 쓰다듬어 줄게. 이제 됐지?' 하면 치유가 되는 것이 아닙니다. 인내와 끈기, 그리고 강한 자기애를 필요로 하지요. 상처를 뽑아냈는데, 또 자랐다면 다시 뽑아야 합니다. 아문 상처 옆에 다른 상처가 자랐다면 그것도 뽑아낸 다음 잘 다독여야 합니다. 다음 날 다시 상처를 보살피며, 상처를 뽑아내고 다독여주고···. 지겹다고 그만두지 말고 계속 반복하세요.

자신이 행복해야 자신 곁에 있는 사람의 행복을 바랄 수 있습니다. 행복은 점차 번져나가는 것이에요. 행복의 시작점이 되는 나라는 존재는 세상에서 가장 소중합니다. 그러니 스스로를 적극적으로 보살피고 끝까지 보듬어야 합니다.

예전의 나에게

어른의 마음속에는 상처를 받은 아이가 있다는 말, 들어본 적 있을 것입니다. 희미하고 작은 흉터만 남아 씩씩하게 자라난 아이도 있을 것이고, 여전히 겁에 잔뜩 질린 채 밖으로 나오지 못하는 아이도 있겠지요. 많은 사람들의 가슴속에 아이가 있을 것이라고 생각합니다. 하지만 이 존재에 대해 깨닫지 못하거나, 잘 알고 있으면서도 끌어안기를 주저하며 주변을 서성이고만 있는 사람이 많을 거예요.

아이였을 때만큼 상처와 고통에 무방비한 상태인 시기가 있을까요? 소위 말하는 화목한 가정을 꾸리며 살아가는 사람들이 주변에 얼마나 많은지 생각해 보았습니다. 가족은 반드시 애정으로만 이루어진 공동체가 아닙니다. 상처도 함께 공유하고 있지요. 그래서 가족이라는 존재가 오히려 아이에게 상처를 줄 때도 있습니다. 이를 거부할 힘이 없는 아이는 고스란히 상처를 입을 수밖에 없겠죠.

시간이 지나면서 어른이 되어야 할 아이는 미처 자라지 못하고 마음속에 상처를 입은 모습 그대로 남겨지고 맙니다. 몸만 커졌을 뿐, 여전히 내면에는 크지 못한 어린아이가 자리 잡고 있는 것이죠. 어린 시절의 상처를 다시 마주 보기가 싫을 수도 있습니다. 지금 보듬는다고 해서 달라지지 않을 것이라는 생각이 들기도 할 테지요.

내 안에 남아 있는 그 아이를 끌어안지는 못하더라도, 어른이 된 내가 용기를 내어 손이라도 잡아주는 것부터 시작하면 어떨까요? 그 아이도 더 많은 것을 바라지는 않을 거예요. 그저 손을 내미는 것만으로도 충분합니다.

150

안녕, 그리고 안녕

어느 날 짧은 메시지 하나가 도착했습니다. 내용은 짧지만 천천히 채워졌을 것 같은 메시지였습니다. 흔한 연애와 이별에 대한 이야기가 담겨 있었는데, 말줄임표로 범벅이 된 메시지는 그 연애의 끝이 얼마나 잔인했을지 짐작하게 했지요.

마지막일 것만 같던 사랑이 끝나고, 한 군데도 성한 곳 없는 그녀의 마음은 피투성이가 되었을 것입니다.

쓰러질 때까지 눈물을 쏟아내다 겨우 잠들곤 했다는 메시지 내용을 보고는 그림 하나를 그려서 보냈습니다. 마음을 잘 다독인 다음 한곳에 고이 담아 열쇠로 단단히 잠가 두길 바라는 마음으로 말입니다. 어느 누구도 들어가지 못하는, 한번 들어간 다음에는 결코 나올 수 없는 상자 안에 마음을 잘 담아 두면 괜찮아질 것이라는 말도 덧붙였습니다. 때로는 시간이 흐르는 내내 마음을 내버려 두는 게 나을지도 모릅니다.

마주 보면 알 수 있어

마음 거울을 마주한 채

아침에 일어나 잠이 덜 깬 상태로 거울 앞에 섰습니다. 부은 얼굴과 부스스한 머리, 눈에 낀 눈곱이 보입니다. 왼쪽 머리카락은 하늘로 솟구쳐 있고 오른쪽 뺨에는 베개에 눌린 자국이 고스란히 남아 있습니다. 거울을 보면 흐트러진 머리를 정돈할 수 있고, 짝짝이 눈썹이 되지 않도록 높이를 맞춰 눈썹을 가지런하게 그릴 수 있고, 옷매무새를 단정히 할 수도 있죠. 하지만 거울을 보지 않으면 내 모습을 제대로 확인하기 어렵습니다.

내 마음도 마찬가지예요. 마음을 들여다보는 거울이 따로 있습니다. 그런데 이 마음 거울을 자주 보지 않는 바람에 거울에 먼지가 덕지덕지 붙어 있는 경우가 많아요. 사느라 바쁜데, 마음 거울까지 살필 겨를이 어디 있냐고 되물을지도 모르겠습니다. 하지만 이는 비겁한 변명에 지나지 않습니다. 마음 거울을 마주하는 일은 거울로 내 얼굴을 한 번 보는 것과 전혀 다를 바가 없으니까요. 아주 잠깐이면 됩니다. 출퇴근할 때 버

스나 지하철에서 잠시 보아도 좋고, 샤워할 때 보아도 좋습니다. 커피를 마실 때, 잠들기 직전, 산책할 때 등 언제든 마음 거울을 꺼내 볼 수 있지요.

이따금 살피지 않으면 내 마음이 어떻게 헝클어져 있는지 알 수 없습니다. 그리고 마음을 어떻게 다듬어야 하는지도 모른 채 살게 되지요. 겉모습만큼 마음도 말끔하게 관리해야 합니다. 지금 당장이라도 좋아요. 먼지 쌓인 마음 거울을 꺼내 손으로 스윽 문지른 다음 찬찬히 들여다보세요. 자신도 몰랐던 상처를 찾을 수도 있고, 누군가에게 상처를 받고서는 웅크리고 있는 아이를 찾을 수도 있습니다.

늦지 않은 위로

어느 날은 내 마음에 대해 무심했다가도, 또 어느 날은 내 마음에 대해 아주 호들갑스럽게 예민해집니다. 타인의 마음에 대해서도 마찬가지입니다. 가까운 사람의 아픔을 미처 깨닫지 못하고 지나칠 때가 있습니다. 당연히 이해할 것이라고 믿으며 제대로 챙기지 못하는 경우도 있고, 혹은 이해하지 못할 다른 사람에게 더 신경을 쓰다 보니 본의 아니게 소홀해지는 경우도 있습니다.

타인의 아픔이 너무 컸다는 사실을 알게 되면 처음에는 놀랐다가 이내 미안해집니다. 게다가 위로를 건네야 할 시기를 놓친 것 같아 막막해지기도 하죠. 어쩔 줄 몰라 하며 멍하니 타인을 바라보고 있다가 "너는 나한테 관심도 없었잖아!"라는 말을 듣는 순간에 밀려드는 미안함의 크기는 정말이지 표현할 방법이 없습니다. 그러나 타인의 외침 속에 있는 희미한 도움의 요청이 들립니다. 여전히 괜찮지 않으니, 이제라도 위로해 달라고 말하고 있는 것은 아닐까요?

이제 그만해야 할 때

작은 실수를 했을 때 가장 먼저 달려와 나를 다그치는 사람은 바로 나 자신입니다. 참 이상한 일입니다. 가장 먼저 위로하고 응원하는 것이 아니라, 가장 먼저 혼을 내다니요.

일이 잘못되거나 혹은 생각했던 것과 다른 방향으로 진행될 때, 스스로를 공격하기가 쉽습니다. 이는 나 자신의 문제이기 때문에, 아프다고 소리치지도 못합니다. 자신을 공격하고 소리치고 다시 공격하기를 반복하다 점점 지치게 됩니다.

가장 저지르기 쉬운 실수, 자학은 이처럼 겉으로 드러나지 않는 특성 때문에 더욱 위험합니다. 그런데 위험하다는 사실을 몰라서 자학을 하는 건 아닙니다. 머리로는 잘 알고 있으면서도 막상 자신도 모르는 순간에 이미 스스로에게 발톱을 세우고 있을 때가 많습니다.

세상을 향한 실망과 분노, 답답함, 막막함…. 많은 감정이 모여 결국 폭발하는 일을 막기 위해서는 스스로에게 괜찮다는 말을 거듭해야 합니다. 허탈할 만큼 시시하고, 믿기 어려울 만큼 쉬워 보여서 별다른 효과가 없을 것 같다고요?

그렇지만 자기 자신에게 괜찮다고 말해준 적이 얼마나 자주 있었는지 생각해 보세요. 아마 드물 겁니다. 이로써 자학을 멈출 수 있을 것이라고 확신할 수 없지만, 세 번의 상처를 낼 일을 두 번으로, 다시 한 번으로 줄일 수는 있습니다.

감정은 하나가 아니니까

얄팍한 미움으로만 채워져 있을 것 같은, 질투라는 감정을 들여다보세요. 사실 질투는 여러 가지 감정들이 휘휘 섞여 있는 경우가 많습니다. 좋지 않은 관계에서 파생된 원망, 나는 왜 그렇게 하지 못했을까 하는 자책, 잘나가는 타인에 대한 시기심, 그리고 나 또한 성공하면 좋겠다는 바람과 그로 인한 부러움…. 이처럼 타인에 대한 증오나 미움에 한정된 감정이 아니라, 자신에 대한 감정도 많이 혼재되어 있다는 사실을 새삼 깨닫게 됩니다.

조금 더 자세히 들여다보면 질투의 중심에는 부러움이 있습니다.

'나도 그렇게 되었으면….'

꿈이나 성공을 성취한 사람이 자신이 아닌 타인이라는 이유로, 다양한 감정들이 뒤범벅되어 질투가 생기고야 만 것이지요.

넓은 아량으로 마냥 축하할 수 없어도 괜찮습니다. 대신 질투 속에 섞여 있는 수많은 감정 중에서 부러움만 남기고 다른 감정을 모두 지워보는 것은 어떨까요? 남겨 놓은 부러움은 자극제로 삼아 삶의 원동력으로 사용하는 거예요.

그곳에는 숨겨 두었던 내가…
당신이…

가장 깊고 어두운 곳

마음은 아주 깊은 곳에 있기 때문에 어디서 시작되고, 어디서 끝이 나는지 가늠하기가 어렵습니다. 마치 우주 같다고 말할 수도 있겠네요. 내 안에 있지만 우주처럼 다 알기 어려운 곳, 바로 마음일 겁니다. 그 안에는 따뜻한 태양이 내리쬐는 곳도 있고, 차가운 달이 비추는 곳도 있고, 빛이 아예 닿지 않는 후미진 곳도 있습니다.

놀랍게도 자신이 한 번도 본 적 없는 모습이 숨죽여 지내고 있는 공간을 발견할 수도 있습니다. 그곳에서 숨죽여 있는 자신도 처음에는 태양이 내리쬐는 밝은 곳에 살았을지도 모릅니다. 그러나 회사 업무에 치이고, 사회생활을 하며 눈치도 보고, 다른 사람을 신경 쓰고, 가족을 챙기느라 어느 순간 나 자신은 점점 구석진 곳으로 밀려났겠지요. 결국 마음을 들여다보는 일은 여유로운 사람이나 할 수 있는 사치라고 생각하는 지경까지 이르게 된 것입니다.

그러다 문득 이런 생각이 들게 됩니다.

'너무 힘들다. 이제는 너무 지쳤어.'

　그때가 되어서야 작은 등불 하나 들고 내 마음을 찾아 나서게 됩니다. 불빛 하나 없는 깊고 어두운 골방, 그곳에서도 하염없이 계단을 내려가고 또 내려가서 만나게 되는 나… 마음먹고 찾아 나서지 않으면 닿을 수 없는 곳에서, 비로소 진짜 내 모습을 마주한 기쁨과 안도감을 느끼게 되길 바랍니다. 이 안도감은 내가 내 마음을 안아주었기 때문에 느껴진 것 같겠지만, 사실 웅크리고 있던 진짜 내 마음이 나를 안아주었기 때문에 느껴지는 것입니다. 다시는 자신을 잃어버리지 마세요. 웅크리고 있던 자신의 손을 꽉 움켜쥐고서 밝은 빛이 비추는 곳으로 천천히 올라오세요.

지나간 상처일지라도

아무리 반복되더라도 익숙해지지 않는 것이 고통입니다. 그럼에도 불구하고 간혹 착각에 빠질 때가 있습니다. 비슷한 상처를 여러 번 받으면, 상처에도 면역이 생겨 고통을 느낄 수 없을 것이라고 생각하게 되는 것이지요. 심지어 지난 상처와 비교했을 때, 더 큰 상처가 아니라면 고통을 전혀 느끼지 못할 것이라고 생각하기도 합니다.

자, 정말 그럴까요? 당연히 아닐 겁니다.

자신이 겪은 고통과 아픔이 두세 번 반복된다고 상상한다면, 정말 참을 수 없을 것이라는 생각에 고개를 절레절레 흔들게 될 겁니다. 아무리 지나간 과거의 상처이더라도 아물기 전까지 혹은 흉터가 점점 희미해지기 전까지는 상처가 다시 투욱, 툭 하고 벌어질지도 모릅니다. 그러니 마음이 잘 치유될 때까지 상처를 잘 덮는 것도 중요할 것입니다.

상처 난
마음에게

내면에 귀 기울일 것

마음이라는 것, 참 매력적이지 않나요? 눈에 보이지 않으면서도 나를 쥐락펴락할 수 있고, 가장 중심에 있으면서도 겉으로 드러나지 않을 때가 많으니까요. 게다가 어느 순간에는 잠을 잘 수 없을 만큼 굉장히 수다스럽다가도, 또 어느 순간이 되면 하던 일을 모두 멈추고 집중하지 않으면 아무것도 들리지 않을 정도로 조용하기도 합니다. 또 애정을 끝없이 갈구하다가도 냉담하기 그지없을 때도 있습니다.

마음은 눈에 보이지 않아서 표정을 읽을 수도 없고, 말을 하지 않아서 귀를 기울여도 소리를 들을 수도 없습니다. 그래서 더욱더 애정을 쏟을 필요가 있습니다. 여차하면 마음이 보내

고롭다가 멀쩡해지고,
괜찮다가 슬프고,
좋아했다가 다시
후회하고…, 나…
이상한 거 아냐?

네 맘이 네게
할 말이 있는 거야.

는 신호를 놓치고 말 거예요.

특별한 이유 없이 기분이 오르락내리락하거나, 같은 일에 대한 판단을 내릴 때 계속 생각이 바뀐다면 신중하게 생각해야 합니다.

'내 마음이 지금 나에게 대화를 시도하는 걸까?'

가만히 마음을 마주해 보세요. 처음에는 마음을 마주하기가 조금 어려울 수 있습니다. 그러나 내 마음이 하는 말은 결국 나 자신만이 이해할 수 있습니다. 몇 번 시도하다 보면, 마음을 해석할 수 있는 순간이 반드시 찾아올 거예요.

아무도 모르게

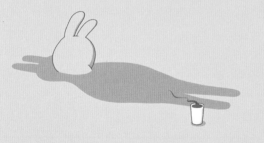

사라질 곳이 필요해

멈추어도 되는

'도망치지만 말고 맞서 싸워라, 나 자신을 뛰어넘어라, 이겨내라, 견뎌라….'

잠깐 멈춘 채 쉬거나 혹은 뒤로 몇 걸음만 물러나면, 마치 삶을 전부 포기하려는 사람처럼 보이는지 주변에서 호들갑을 떨기도 합니다. 사회가 꽤 전투적이고 공격적으로 계속 앞으로 나아갈 것을 부추기는 측면도 있고, 이를 성공을 위한 필수 조건으로 여기는 사람도 많기 때문이기도 합니다. 끊임없이 발전해야 한다고 수없이 강요했던 교육 여건도 한몫한 것 같습니다. 이제 휴식조차 무언가를 이루기 위해 거쳐야 할 과정쯤으로 여기는 듯합니다.

무턱대고 멈추어도 괜찮고, 때로는 미끄러져도 상관없습니다. 사람은 마음에 따라 달라지는 존재입니다. 몸이 지쳤을 때는 쉬면 나아지고 또 아플 때는 치료를 하면 되지만, 마음은 그리 간단하게 고칠 수 있는 게 아닙니다. 그러니까 마음을 궁지로 몰아세우기만 해서는 안 됩니다.

거침없이 적극적으로 꿈을 향해 나아가는 것, 그 자체는 나쁠 것이 없습니다. 다만 쉬지도 않고 계속해서 달리기만 한다면 반드시 탈이 나기 마련이지요. 마음은 균형을 잃기 전에 미리 돌봐야 합니다.

굳이 신경 쓰지 않아도 마음은 버틸 수 있다고요? 글쎄요….겨우 버텨낸 후에 마음이 회복되는 확률보다 버티는 동안 손쓰기 어려울 만큼 망가지게 될 확률이 더 높습니다. 마음은 무관심과 불균형에 취약하다는 사실을 잊어서는 안 됩니다. 지금까지 힘들게 앞만 보고 달리기만 했다면 혹은 목적을 향해 무작정 뛰었다면, 짧은 시간이라도 좋으니 잠시 멈춰보세요. 만약 멈추는 것이 불안하다면, 차라리 어딘가로 도망간 다음에꼭꼭 숨어 마음을 쉬게 해주세요. 그렇게 잠시 현실에서 벗어났다가 다시 돌아오면 한결 홀가분해질 거예요.

chapter 5

마음대로 되지는 않지만

대체 언제… 언제쯤
나비가 되는 거야???

당신의 봄날

봄이 되어 여기저기 날아다니는 나비를 보고 있으면, 먼저 그
얇고 작은 존재의 아름다움에 놀라고 그다음 마음껏 하늘을
날 수 있다는 사실에 부러움이 생깁니다.

한 번쯤 나비가 되고 싶다는 생각을 해본 적 있나요? 화려
한 날개를 펄럭이며 조금 더 자유로워지고 그로 인해 더욱더
행복해지고 싶다고 말입니다.

어쩌면 지금, 나만의 색과 무늬를 가진 날개가 돋아나 훨훨
날 수 있기를 바라며 나비가 되는 날을 기다리고 있는 것은 아
닐까요? 시간이 오래 걸린다면 '내가 나비가 될 수 있긴 한 걸

까?'라는 생각이 들기도 할 겁니다. 그때는 머리를 휘휘 저으며 부정적인 생각을 떨쳐내세요. 불안은 조급함을 불러일으키게 되거든요. 좀 더 차분한 마음으로 기다려보세요. 어깻죽지 어디쯤 날개가 삐죽 돋아나고 있는 중일지도 모르는 일입니다. 시간을 잘 견뎌내면 나비가 되는 순간이 반드시 찾아옵니다.

정말 최선을 다했다고 말할 수 있는 사람, 조금이라도 더 간절하게 바라고 애쓰는 사람에게 변화의 순간이 빨리 찾아오게 될 것입니다. 기다림의 시간은 결국 끝이 나게 되어 있습니다. 반드시!

어느 새 어른이 된 나에게

어른이 되었습니다. '세월'이라는 표현을 이따금 내뱉을 수 있는 나이가 되었지요. 어른의 자격에 대해 생각하고 느껴보기도 전에, 몸부터 성급하게 자라버린 느낌입니다. 겉모습만 자랐을지언정 그래도 어른입니다. 어른다운 면모를 갖춰야겠지요. 어른 같은 말투, 어른 같은 행동, 어른 같은 생각, 어른이라면 마땅히 해야만 하는 일…. 보이지 않는 관계의 끈을 잘 이어가거나 때로는 과감히 끊을 줄도 알아야 할 것입니다. 물론 자기가 저지른 일은 스스로 책임져야 하고요. 때때로 책임을 남에게 떠넘기고 주저앉아 울고 싶을 때도 많지만, 그래서는 안 됩니다. 왜냐하면 어른이니까요.

178

넌, **어른**
이니까…

어른

때로는 마음이 몸만큼 성장하지 못한 건 아닌지 걱정이 밀려들기도 합니다. 마음속에는 아이의 모습이 그대로 남아 있는데 덩치만 자라버려서, 마치 어른의 몸 안에 갇혀 지내고 있다는 생각이 들기도 하는 것이죠.

어른의 삶도 즐거운 순간이 있지만, 아이였을 때만큼 즐거운 순간이 많지는 않습니다. 싫은 일만 잔뜩 쌓여 있는 월요일을 담담하게 맞을 준비를 하는 데 더 익숙해지고 말았습니다. 그러나 투정 부리고 싶은 마음을 잘 다독여 태연한 표정을 지을 수 있어야 합니다. 그리고 주어진 역할을 잘 해내야만 합니다. 왜냐하면 어른이니까요.

마음대로
되지는
않지만

179

만약에

'만약주'라는 술이 있었다면, 아마 엄청난 인기를 얻었을 거예요. 이 술의 안주는 셀 수 없이 많은데, 그중 가장 인기 있는 메뉴는 바로 '우려 먹기'입니다. 이전에 했던 이야기 또 하고, 했던 이야기를 다시 반복하면서 한 잔, 두 잔…. 그렇게 만약주를 들이키는 것이지요. 첫맛이 어찌나 입에 착 감기는지 한번 맛을 보면 멈추기가 어렵다고 합니다. 그래서 만약주는 아예 마시지 않거나 정신을 잃을 만큼 마시거나, 이 둘 중 하나라는 우스갯소리도 있습니다. 그 종류는 또 어찌나 많은지요.

'그때 내가 제대로 했더라면….'

'그때 내가 그 선택을 하지 않았더라면….'

'그때 내가 이 사람을 알고 있었더라면….'

'그때 그랬더라면….'

정말 많은 사람들이 만약주를 즐겨 찾습니다. 만약주의 첫맛에 혹해서 정신없이 마시다가 후회를 토해내는 경우도 부지기수입니다. 후회를 쏟아낸다고 해도 마음이 후련해지지도

않는데 말입니다. 오히려 더 답답하고 속이 쓰리기만 할 뿐이
에요. 머리도 아프지만 마음도 아픈 극심한 후유증을 남기는
만약주…. 이 독한 생각부터 끊어야 악순환을 끝낼 수 있지 않
을까요?

올바른 방향으로

평소에는 이정표 없이도 씩씩하게 갈 수 있었던 길인데 갑자기 헷갈릴 때가 있습니다. 또 길을 잃지 않을 것이라고 호언장담하고 출발했음에도 불구하고 엉뚱한 곳에서 헤매기도 합니다. 다른 사람이 시키는 대로만 행동해도 된다면, 걱정할 필요가 없을지도 모르겠습니다. 하지만 스스로 길을 찾고자 결정했다면, 고민과 선택의 괴로움이 항상 기다리고 있을 거예요. 이 길이 맞는지 아닌지, 물어보고 싶어도 정작 무엇부터 해결해야 할지 헷갈리는 탓에 도움을 청할 수도 없습니다.

이때는 우선 주변을 찬찬히 둘러보세요. 내가 어디쯤 위치해 있는지, 이정표는 어떤 방향을 가리키고 있는지 살펴보세요. 그다음 내 모습을 한번 확인합니다. 이참에 신발 끈을 단단히 고쳐 매도 괜찮고요. 그리고 주변에 있는 사람에게 도움을 구하면 됩니다. 혼자서 보이지도 않는 앞을 보려고 애쓰거나 자기 발등만 바라보며 동동거리지 말고, 옆에 있는 사람을 믿어보면 어떨까요? 나를 인정하고 격려하는 사람이라면 더 좋습니다.

다른 사람에게 물어보는 일을 창피해하거나 어려워하지 않는 것은 길을 잃지 않고 가고자 하는 방향으로 나아가기 위한 중요한 지침입니다.

천천히, 조금씩, 분명하게

오랜만에 만난 친구의 합격 소식이나 동료의 승진 소식에 부러움이 생겨납니다. 왠지 나를 제외한 주변 사람들은 모두 마음만 먹으면 한 번에 다 이루어내는 것만 같습니다. 괜스레 허탈해지고, 조급해집니다. 아무리 노력해도 나아질 기미가 보이지 않을 것 같기도 합니다.

머릿속에서는 타인도 분명 나처럼 견뎌내야 했던 시간이 있었다는 사실을 알고 있습니다. 그렇지만 이런 흔한 말 따위는 귀에 들어오지도 않고 가슴으로 받아들여지지도 않습니다.

하지만 성장은 어느 시기에 확 자라나고 어느 시기에 멈추는 것이 아닙니다. 답답함이 쌓인다고 해서, 내일 일어날 성장이 오늘 일어나지도 않고요. 속도보다 자라나고 있다는 사실이 더 중요할 것입니다. 주위 사람들의 소식으로 인해 조급함이 생길 수도 있지만, 그때마다 속으로 이렇게 주문을 외워보면 어떨까요? '나는 천천히, 조금씩, 분명하게 자라고 있다…. 나는 천천히, 조금씩, 분명하게 자라고 있다!'

나도
너희처럼
자라는 중이야

마음대로
되지는
않지만

삐삐—

마음대로
되지는
않지만

나를 찾으려는 노력

커다란 바구니를 하나 들고 '마음의 밭'으로 수확하러 가는 날입니다. 밭은 분명 내 것인데 그 안에는 온갖 잡동사니가 심어져 있었습니다. 나는 내 마음만 심었을 뿐인데, 나도 모르게 돋아난 이름 모를 것부터 버려야 할 것까지 수많은 마음이 밭 안을 빼곡하게 채우고 있습니다.

　이곳에서 내 마음을 잘 골라내는 일은 결코 쉽지 않습니다. 내 마음을 단숨에 구별할 수 있을 것이라고 생각했다가는, 금세 난감해지고 말 거예요. 바구니에 내 마음과 같이 담겨도 괜찮은 것들도 있지만, 간혹 바구니에 담기면 안 될 것들도 있습

니다. 잊어버리고 싶어서, 지워버리고 싶어서 저 멀리 던져 놓은 마음의 씨앗도 언제 자랐는지 눈에 띄네요.

평평한 곳에 느긋하게 자리를 잡고 앉아, 내 마음이 아닌 것들을 찬찬히 골라내기로 했습니다. 쓰라렸던 일, 상처받았던 일, 아팠던 일…. 그렇게 썩은 것들을 골라내다 보면 비로소 내가 원했던 마음만 남게 됩니다. 열심히 골라낸 것들은 마음의 밭에 거름이 되도록 다시 잘 뿌린 다음 기분 좋게 무거워진 바구니만 들고 돌아오면 됩니다. 그렇게 내 마음을 수확할 때마다 나는 조금씩 성장하게 될 것입니다.

동경 그리고 만족

이곳이 아닌 어딘가에 천국이 있을 것만 같은 기대, 막연하게 더 나은 곳에 대한 동경을 품게 됩니다. 어디에 있든지 힘든 일을 겪게 되기 마련이라는 사실을 잘 알고 있습니다. 하지만 그렇다고 해서 내가 가진 괴로움과 삶의 팍팍함이 사라지는 것은 아닙니다.

이런 고민이 드는 날에는 멀찍이 있는 타인의 삶을 한동안 바라보는 것도 나쁘지 않습니다. 물끄러미 보다 보면 문득 의문이 들기도 합니다.

'진짜 저곳이 더 나을까?'

'정말 이곳이 아닌 저곳으로 가면, 마음이 편해질까?'

'걱정이 순식간에 없어질까?'

'훨씬 더 살기 좋아질까?'

답은 이미 알고 있을 거예요. 저곳도 이곳과 별다를 바 없음을 말입니다. 다른 사람들이 내 삶의 작은 부분까지 속속들이 알지 못하는 것처럼 나 역시 다른 사람들의 삶을 자세히 알

수는 없습니다. 타인에게는 어둡고 나쁜 부분은 꼭꼭 숨겨 두고, 빛나고 좋은 부분만 보여주기 마련이니까요. 그렇게 서로의 삶을 동경하며 살아가고 있는지도 모르겠습니다.

내 삶이 아닌 다른 사람의 삶이, 내가 있는 이곳이 아닌 내가 있지 않은 저곳이 더 나을 것 같다는 생각이 든다면, 억지로 생각을 떨쳐내려고 하지 말고 오히려 실컷 부러움을 느껴보세요. 그러다 조금 지겨워질 때 즈음, 나도 다른 누군가에게 동경의 대상이 될 수 있다는 사실을 떠올려보세요.

마음대로
되지는
않지만

타인을 이해하는 것부터

상대방의 입장이 되어 생각해 보는 일은 타인을 이해하기 위한 가장 좋은 방법 중 하나입니다. 그러나 입장을 바꾸어 생각하는 것은 말처럼 쉽지 않은 일이죠. 입장을 바꾸어 생각해야 할 때는, 서로 힘껏 충돌하거나 마찰을 빚는 상황일 경우가 많으니까요.

도무지 이해할 수 없는 상대방의 말과 행동을 지켜보고 있으면, '도대체 저 사람은 왜 저러는 것일까?'라는 생각이 절로 들기도 합니다. 이 같은 의문 대신 '저 사람은 어떤 일이 있었기에….'라는 생각을 먼저 해보세요. 일종의 '역할 바꾸기' 연극을 해본다고 가정해도 좋겠네요. 상대방의 입장을 헤아리며 상황을 되짚으면, 전부는 아니더라도 일부 공감할 수 있는 부분이 생길 겁니다. 전부를 이해하라는 뜻이 아닙니다. 이는 거의 불가능에 가까울 테니까요. 다만 공감대를 형성할 수 있다는 사실 자체가 중요합니다.

그러다 보면 나의 말이나 행동에 조금씩 변화가 생길 거예요. '어떻게 저럴 수 있지?'라는 마음은 '어쩌면 저럴 수도 있겠다!'라는 마음으로 바뀌게 될 겁니다. 상대방의 입장이 되어 생각해 본다고 해서 문제가 다 해결되는 것은 아니지만, 문제를 보다 부드럽게 마주할 수 있게 되는 것은 분명합니다. 진정한 문제 해결은 의미 없는 삿대질이 아닌 이해와 공감에서부터 시작될 것입니다.

삶을 채워나가는 일

가끔은 내 마음인데 정말 남의 마음처럼 도무지 알 수 없는 날이 있습니다. 내가 무엇을 위해 살고 있는지, 왜 나는 이 일을 견뎌야 하는지 모르겠는 그런 날…. 내 마음이 언제 두근대는지, 아니 근래에 마음이 두근대는 일이 있기는 했는지 모르겠는 그런 날….

하루를 숨 가쁘게 채우고 난 후 밤이 되면, 왠지 모를 헛헛한 마음이 가슴을 더욱 깊이 파고듭니다. 잘 지내고 있다고 생각하다가도 어쩐지 잘 지내고 있지 못한 기분이 들기도 하고, 괜스레 허전한 기분에 울적해지기도 합니다.

그럴 때면, 마음속에 감춰져 있는 무언가를 찾아야 할 것만 같습니다. 그렇게 생각에 생각을 잇다 보면, 결국 '꿈'이나 '열정' 같은 단어가 떠오르기도 하지요. 새삼스럽고 조금 쑥스럽기도 하지만, 나의 꿈과 열정을 떠올리고 나면 마음이 떨립니다.

문득 마음의 수면 위로 떠오른 것들은 어쩌면 하루를 살아낼 수 있는 원동력으로 작용할 수 있을지도 모릅니다. 더 이상 하루하루가 무의미하게 느껴지지 않도록 어느 날 갑자기 사라졌던 혹은 놓치고 있었던 꿈과 열정을 다시 찾으면 됩니다. 그리고 어렵게 되찾은 꿈과 열정을 또다시 잃어버리지 않도록 애쓰면 됩니다.

chapter 6

마음이 날카로운 날에는

말로 표현하지 않았지만

뾰족한 성격, 둥근 성격, 모난 성격…. 세상에는 참 많은 사람들이 살고 있고 그 이상으로 다양한 성격이 존재합니다.

한 사람이더라도 어느 날은 대범하고 또 다른 어느 날은 대범했던 모습이 거짓말처럼 느껴질 정도로 소심해지기도 합니다. 또 활발한 날도 있고, 차분한 날도 있겠지요. 여러 가지 성격이 모여 '나'라는 사람을 채우고 있습니다.

성격의 형태는 눈으로 보이지 않기 때문에, 자신의 성격을 타인에게 들키지 않도록 감출 수 있다고 생각하기 쉽습니다. 그러나 성격을 완벽하게 감출 수 있는 사람이 있을까요? 몇 분간의 대화를 나누면, 성격은 금방 드러나게 됩니다. 말투나 억양, 행동, 사용하는 단어로도 짐작할 수 있을 뿐만 아니라, 눈빛이나 표정을 통해서 조금씩 나타나게 되지요.

보여주기 싫은 모습을 숨긴 채 완벽하게 행동했다고 생각하지만, 사람들은 어쩌면 나의 성격을 이미 파악하고 그에 맞게 대하고 있을지도 모릅니다.

아…아니야~
싫어하…하는 거
아니야아아아…

마음이
날카로운
날에는

감출 수 없는 감정

'싫어도 좋은 척, 좋아도 적당히 좋은 척!'

표정 관리에 대한 이야기입니다. '싫어도 좋은 척'이라는 말은 사회생활의 비애 중 하나이기도 해서 누구나 공감할 수 있을 겁니다. 그리고 '좋아도 적당히 좋은 척'이라는 말은 왠지 웃음이 나게 만드네요.

사람 사이에 마음과 마음을 정확하게 전할 수 있다면 얼마나 좋을까요? 그렇다면 서로의 눈치를 보거나 괜한 오해로 인한 마음고생을 덜 하게 될 텐데요.

대화를 할 때는 상대방의 반응을 살피게 되기 마련입니다. 특히 표정을 유심히 보면 마음을 읽어낼 수 있을 것입니다.

독심술이 없어도 혹은 심리학을 공부하지 않았더라도, 상대방의 표정을 보면 그 사람의 마음을 쉽게 느낄 수 있습니다. 특히 좋지 않은 감정일 때, 표정을 아무리 감추려고 노력해도 감정이 고스란히 전달됩니다. 말은 번지르르하게 포장하기 쉽고 거짓으로 가득 채우기도 쉽지만, 표정을 억지로 꾸미는 일은 참 어렵습니다. 입은 웃고 있는데 눈은 쩨려보고 있고, 눈은 웃고 있어도 입은 굳어 있고….

내 얼굴인데 내 마음대로 되지 않을 때, 왜 한 번씩은 있지 않나요?

때로는 강인하고 때로는 여리고

늘 강하게 지낼 수는 없는데, 세상은 늘 시련에 굳건하게 견디기를 강요합니다. 스스로를 지키려면 강해져야 하고, 타인으로부터 무시를 당하지 않으려면 독해져야 하고, 조금 더 나은 삶을 유지하려면 싸워서 이겨야 한다고 강요받지요. 점차 몸에 갑옷을 두르라고 종용합니다. 그래서인지 강인한 마음만 있다면, 소중한 삶을 잘 지켜내는 것은 물론 이루고자 하는 일을 해낼 수 있을 것만 같습니다.

하지만 강인한 마음 안에 보드랍고 여린 마음이 함께 있다는 사실을 잊어서는 안 됩니다. 비록 가려져 있지만, 보드랍고 여린 마음은 눈물을 보이며 도움을 요청하기도 합니다. 몇몇 사람들은 이를 나약한 마음이라며 공격하기도 합니다. 이러한 일이 반복되다 보면, 점점 강인한 사람이 되고 싶어집니다. 타인을 공격하기 위해서가 아니라 스스로를 보호하기 위해서 말이죠.

마음에 단단한 가죽을 덧대고, 거칠고 날카로운 가시를 겹

겹이 둘러댑니다. 답답하게 느껴지기도 하지만, 상처를 받거나 아파하는 것보다 낫다고 스스로를 설득하면서 계속 마음에 방어 막을 세웁니다.

이를 좋다거나 나쁘다고 단정 지어 말할 수는 없습니다. 내 마음을 지키기 위해서 때로는 두꺼운 갑옷도 필요할 테지요. 다만 자신이 사랑하는 사람 그리고 아끼는 사람 앞에서만큼은 갑옷을 벗어버리세요. 갑옷 안에서 숨을 참고 있다가 사랑하는 사람 앞에서 그것을 벗어던지는 심리적 숨쉬기! 편안한 마음을 누리기도 해야 단단한 갑옷이 필요할 때 그 무게를 견뎌낼 수 있습니다.

나를 잘 알고 있는 나

분수는 '자기 신분에 맞는 한도'라는 뜻을 가지고 있습니다. 나의 분수에 대해 생각해 본 적이 있나요? 타인의 분수는 잘 보이는데, 나의 분수는 생각해 본 적이 아예 없을지도 모릅니다. '분수'라는 단어는 왠지 모르게 부정적인 느낌을 주기도 하지만, 이는 '나 자신'이라는 단어와 바꾸어 쓸 수도 있답니다. 나의 분수를 안다는 것은 나 자신을 잘 안다는 것이라고 해석할 수 있겠지요. 물질적인 측면만 아니라 정신적인 영역까지 포함될 거고요.

스스로를 잘 파악할 수 있다면, 자신에게 가장 어울리는 삶의 모습을 찾을 수 있게 됩니다. 어떤 관계로부터 안정감을 느끼는지, 삶의 만족감을 충족시키기 위한 조건은 무엇인지, 인생을 살아가는 데 있어 지키고 싶은 가치는 무엇인지….

막연하게 행복해지고 싶다고 생각하지 말고, 나의 분수를 찾아서 그러니까 나 자신을 찾아서 마음 구석구석을 살펴보는 것은 어떨까요?

네 분수를 알라

마음이
날카로운
날에는

독이 되거나 약이 되거나

'씹고, 뜯고, 맛보고, 즐기고!'

이 광고 카피를 떠올리면, 마치 뒷담화를 정의하는 것 같다는 생각이 듭니다. 삼삼오오 모여 남의 이야기에 살을 붙여가며 시간 가는 줄도 모르고 이야기꽃을 피우기도 합니다. 물론이 행위가 옳지 않다는 사실을 알고 있습니다.

하지만 이야기를 나누는 것을 통해 기분이 나아질 때가 있더라고요. 마음의 병은 약을 먹고 주사를 맞는다고 해서 치료되지 않습니다. 이야기를 나누며 화를 쏟아내는 것은 마음의병을 치유할 수 있는 꽤 훌륭한 방법에 속하지요. 단 아무 잘못도 하지 않은 사람의 트집을 잡아 흠을 내서는 안 된다는 사실도 잊지 않아야 합니다. 독을 잘 쓰면 때로는 약이 될 때가 있듯, 뒷담화라는 독도 적당히 사용한다면 마음에 불이 번지는것을 막아주는 약이 될 때가 있겠지요. 남용하거나 오용하지 않아야 한다는 규칙은 꼭 지켜야 할 것입니다.

배려가 부족하지 않도록

가끔 몰상식한 행동을 하는 사람들을 볼 수 있습니다. 절로 눈살이 찌푸려지면서, '저 사람 참 개념이 없다.'라는 생각마저 들기도 합니다. 한편으로는 '개념'을 시장이나 대형 마트에서 팔면 어떨까 하고 상상합니다. 한 번에 많이 산 다음 필요할 때마다 복용하면 좋겠네요. 개념이 필요한 사람에게 나누어 주기도 하고 말이죠.

개념의 정도를 수치로 확인할 수 있다면 편할 것 같다는 생각도 해봅니다. 개념은 눈으로 볼 수는 없지만, 마음으로 얼마든지 볼 수 있습니다. 개념은 배려와 일맥상통하는 부분이 있기 때문이지요. 상대방을 얼마나 배려하고 있는지 돌이켜 본다면, 스스로 관계에 대한 개념을 어느 정도 갖추고 있는지 판단할 수 있습니다.

물론 타인의 개념 없는 행동만 지적하고 신경을 쓸 게 아니라, 내 행동을 자세히 되돌아보는 것도 필요하겠지요?

편견은 오해가 되고

있는 그대로 그리고 생긴 모습 그대로 보지 않고, 자신의 기준
과 잣대를 제시하며 제멋대로 판단하려고 하는 사람을 종종
만나게 됩니다. 생각만 해도 피곤한 일입니다.

안경을 끼고 생활하는 사람들은 간혹 안경을 낀 채로 세수
를 하는 실수를 저지르기도 합니다. 다른 사람이 보면 어처구
니없는 실수이겠지만, 정작 당사자는 안경을 썼다는 인식을
하지 못할 만큼 안경을 낀 상태가 이미 습관이 되어 있었기
때문일 거예요. 마음의 색안경을 쓰고 있는지도 모른 채 살아
가고 있는 사람들도 이와 마찬가지가 아닐까요? 색안경을 쓰
고 어떠한 대상을 바라보는 것이 습관이 되는 바람에, 편협한
생각과 사고를 하고 있다는 사실조차 알지 못하는 것이죠. 그
상태로 세상을 보면, 결코 있는 그대로를 볼 수 없을 것입니
다. 먼저 편견을 벗어던져야 합니다. 상대방 혹은 상황을 온전
히 바라보기 위해서 말입니다.

마음이
날카로운
날에는

하아…
갑갑해

보이지 않는 곳

사람은 사람인데 벽이 되어버린 사람, 한마디로 도무지 대화를 나눌 수 없는 사람이 있습니다. 게다가 그 벽은 대체 무엇으로 만들었는지 견고하기 이를 데 없습니다. 이 같은 사람은 되도록 피하고 싶지만 어디 그게 마음대로 되던가요? 어쩔 수 없이 대화를 나누어야 하는 일이 생기고 맙니다. 때로는 함께 일을 해야 할 때도 있습니다. 일회성 관계로 끝날 수도 있지만, 오랫동안 이어져야 할 관계일 수도 있어요.

이때 먼저 '이 사람은 왜 벽이 되었을까? 처음에는 입과 귀, 눈 모두 다 있었을 텐데, 왜 지금은 전혀 소통이 되지 않을까?'라고 생각해 보세요. 그다음에는 높고 두꺼운 벽 뒤에 무엇이 있을지 궁금해지게 됩니다. 보이지 않는 곳을 떠올리는 일은 상대방을 이해할 수 있도록 도울 뿐만 아니라, 내 마음이 답답해지는 일도 줄여줄 거예요.

그렇게
한숨만…

조심스럽게 건네는 질문

커피를 한가득 내린 다음 탁 트인 풍경을 바라보며, 가만히 숨을 들이쉬고 다시 숨을 내쉬어 봅니다.

밥도 맛있게 먹었고, 주어진 일도 나름 잘하고 있고, 세상이 무너질 만큼 큰 사고도 없는 평범한 하루인데, 어쩐지 마음 한 가운데가 꽉 막혀 있는 기분이 듭니다.

따스한 볕을 쬐면서 휴식을 취하고 있는데도, 이유조차 모를 먹먹함이 마음 한구석에 진을 치고 있습니다. 답답한 마음을 훌훌 털어내고 싶었는데…. 커피는 한 모금도 마시지 못한 채 식어가고 있습니다. 답답한 마음은 여전히 마음속에 그대로 남아 있고요.

마음에게 찾아가서 묻고 싶습니다.

'왜 그토록 입을 꾹 다물고 있니?'

'무슨 일 때문에 그러는 거니?'

'어떻게 해야 기분이 나아질까?'

마음이 대답을 해줄 때까지 물어보고 싶습니다.

괜찮지 않을 때
하는 말,
괜찮아

괜찮아?

...응...
괜찮아...

괜찮다, 괜찮지 않다

'즐겁다, 기쁘다, 신난다, 재미있다…'

그때그때 쉽게 할 수 있는 말입니다.

'힘들다, 아프다, 괴롭다…'

입 밖으로 꺼내기가 어려운 말입니다.

흔히 어려움을 나누면 반으로 줄어든다고 말하지만, 정작 다른 사람에게 짐이 되는 것을 우려해 혼자 어려움을 짊어지고 버티는 것이 차라리 속 편하다고 여기는 사람이 많습니다. 다른 사람에게 부담을 주고 싶지 않을뿐더러 다른 사람이 해결할 수 있는 일도 아니라고 생각하기 때문입니다.

힘겨운 마음을 아무리 감추려고 해도, 곁에 있는 사람은 그 마음을 쉽게 눈치챌 거예요. 아마 다 알고 있으면서도 모르는 척하는 경우도 많을 것입니다. 힘겨움을 토로하지 않는 나를 다그치기보다 내가 말하지 않는 이유를 헤아리며 이해하고 또 기다려주겠지요.

하지만 다른 사람에게 도움을 청해야 합니다. 또 곁에 있는 사람은 진짜 괜찮은 건지, 괜찮지 않다면 혹시 도움이 필요하지는 않은지 물어야 합니다. 마음의 안부를 묻는 것, 곁에 있는 사람을 챙길 수 있는 가장 확실한 방법입니다.

chapter 7

잠 못 이루는 마음에 대하여

머리 위의 먹구름 같은 존재

언제 닥칠지 모르는 존재, 불안은 시원하게 비를 뿌려주지도 않으면서 머리 위에 머물러 있다가 갑작스럽게 천둥과 번개를 일으키는 먹구름과 같습니다. 먹구름처럼 불쑥 비를 쏟아내기도 하고, 뚝 그쳤다가, 다시 올려다보면 멀쩡하게 그 자리에 있기도 하지요. 도대체 어느 장단에 맞춰야 할지 몰라, 안절부절못하게 만듭니다.

차라리 시원하게 장대비라도 퍼부었으면 좋겠습니다. 실컷 비를 쏟아내고 나면 먹구름도 사라지고, 맑게 갠 날을 기대할 수도 있을 테니까요.

불안을 후 하고 불어 저 멀리 보내고 싶은데, 그러지도 못하고 그저 바라보기만 할 뿐입니다. 자신이 어찌할 수 없는 불안이 마음을 온통 뒤덮고 있는 것 같지만, 자신의 초조함이 불안을 점점 키워나가고 있는 것인지도 모릅니다. 초조한 감정부터 잘 다스린다면, 머리 위를 떠다니는 불안의 크기를 조금씩 줄일 수 있을 것입니다.

울다가 웃다가,
웃다가 울다가…

기분이 오르락내리락

마음이 롤러코스터를 타고 있는 듯 수없이 오르락내리락하는
날이 있습니다. 이럴 때면 스스로에게 물어보기도 합니다.

'나 조울증인가?'

감정이 오르락내리락하는 것은 어쩌면 당연한 일입니다. 감
정은 살아 있는 것이거든요.

사람들의 마음에는 넓고 깊은 강이 흐르고 있습니다. 어떤
곳은 수위가 자신의 키를 훨씬 뛰어넘을 만큼 높아서 '입수 금
지'라고 쓰인 푯말이 붙어 있기도 합니다. 또 잔잔하게 물결치
는 곳이 있는가 하면, 중심을 잃고 휩쓸릴 만큼 물살이 센 곳
도 있습니다. 그러니 마음속 감정이 정지되어 있지 않고, 끊임
없이 움직이고 변화할 수밖에요.

그러나 감정 기복이 너무 급격하고 또 그 폭이 걱정될 만큼
요동치고 있다면, 마음에 무슨 일이 생긴 것은 아닌지 가만히
속을 들여다보아야 합니다. 나중으로 미루지 말고 지금 바로
스스로에게 질문해 보세요.

'나에게 무슨 일이 생긴 거지?'

감당할 수 없을 정도로 변하는 감정은 자신에게 문제가 생겼다는 사실을 알려주는 신호일지도 모릅니다.

잠 못 이루는
마음에
대하여

내 속을 들여다보니
내가 드글드글

텅 비어 있다가, 꽉 채워져 있다가

아무것도 채우지 않은 채로 마음을 텅텅 비운 적이 있나요?
화창한 봄날 대청소를 한 듯 마음이 말끔하게 정돈된 적이 있
나요?

마음은 대개 어질러져 있을 것입니다. 온갖 잡동사니로 가득
한 어지러운 가방 속처럼 정신없는 상태로 있기 마련이지요.
유난히 마음속이 시끄러운 날, 마음의 문을 열고 그 안을 들여
다보면 무언가로 빽빽하게 들어차 있습니다. 이를 하나하나 살
펴보면… 이런, 전부 '나'이지 않겠어요? 간혹 낯선 이들이 한
자리를 차지하고 있기도 하지만, 결국 마음이라는 곳은 나 자
신의 모습으로 가득 채워지게 됩니다.

이리저리 흩어져 있는 내 모습…. 생각이 막히는 곳에는 더
많은 내가 모여듭니다. 이곳을 정리하면 저곳이 늘어나고, 저
곳을 치우면 이곳이 다시 복잡해지고…. 내 마음속이지만 정
리하는 일이 뜻대로 되지 않을 거예요.

하지만 오로지 한곳에만 계속 집착하고 매달리며 괴로워해

서는 안 됩니다. 오히려 관심을 다른 곳으로 분산시키는 것이 좋습니다. 마음들을 다른 곳으로 보내주는 거예요. 친구를 만나도 좋고, 취미 생활을 시작해도 좋고, 당장 끝내야 할 일을 서둘러 끝내도 좋습니다. 드글드글하게 모여 있던 나 자신들이 흩어지도록 여러 방법을 시도해 보세요. 밀집되어 있는 생각을 널찍하게 확장하면, 답답하게 막혀 있던 숨통도 비로소 트이게 될 것입니다.

이러지도
저러지도
못하고

진심을 전하기가 어려워서

"요즘 너무 힘들다. 나를 누군가가 도와주면 좋겠어."

지금 하고 있는 일이 버겁고 힘에 부친다는 하소연을 하는 친구와 마주 앉았습니다. 잔뜩 풀이 죽은 친구의 이야기를 듣다 보니, 내가 도와주겠다는 말이 목까지 차오릅니다. 절박한 마음을 누구보다 잘 알고 있지만, 손을 내밀기가 망설여지기도 합니다.

'나 역시 혹독한 세상살이를 겪고 있는데….'

'나도 다른 사람의 도움이 필요한 상태인데….'

나의 형편도 여유롭지 않은 상황에서 선뜻 도와주겠다고 약속할 수도 없는 노릇입니다. 그래도 모르는 척할 수는 없어, 묵묵히 친구의 술잔을 채워주는 것으로 마음을 대신합니다. 술잔은 점점 비워지고, 하소연을 안주 삼아 시간을 함께 채워봅니다.

이외에는 친구를 위로할 수 있는 방법이 없는 현실이 그저 서글퍼지는 날입니다. 이러지도 저러지도 못하는 나의 처지가 더욱 서글퍼지는 날입니다.

주저하지 말 것

해야 할 말을 쌓아 두지 말고 말한다면, 속병을 앓을 일도 없을 텐데….

하고 싶은 말을 속 시원하게 하지 못해서 산불 같은 화가 느껴질 때가 많습니다. 말해서는 안 되는 내용도 더러 있기는 하겠지만, 내 마음보다 타인의 마음을 먼저 살피다가 입을 다물게 되는 일이 더 많을 거예요. 타인의 기분을 나쁘게 만들고 싶지 않아서, 나 하나 참으면 다른 사람들이 평화롭게 지낼 수 있어서…. 다양한 이유로 말을 내뱉지 않고 꿀꺽 삼켜버리기도 합니다.

시간이 흘러 더 이상 참을 수 없는 정도에 다다라서야 겨우 말을 하려고 결심했지만, 어디서부터 어떻게 말을 꺼내야 할지 몰라 다시 입을 다물게 되는 일도 다반사입니다. 시간이 더 많이 흐르면 마음을 표현하는 방법을 잊어버리게 될지도 모릅니다.

마음은 나에게 끊임없이 무언가를 요청하고 있습니다. 나는 마음의 요청을 실행하기만 하면 되고요. 하지만 마음보다 머리가 앞서 입을 막아버리는 일이 자주 일어난다면, 마음은 서서히 표현하기를 주저합니다. 아무리 마음으로 외쳐도 달라지는 것이 없다는 사실을 알게 될 테니까요. 결국 마음은 고장이 나게 될 것입니다.

자, 이제부터라도 편안하게 말을 해보세요. 솔직하게 표현을 해보세요. 타인의 기분이나 눈치를 살피지 말고, 마음의 소리를 그대로 이야기해 보세요. 타인의 마음을 잘 헤아리고 보살피는 것보다 자신의 마음을 있는 그대로 감지하고 지지하는 것을 우선시해야 합니다.

걱정은 점점 더 커지고

걱정은 어찌나 번식력이 강한지, 조금이라도 시간이 지나면 시간을 양분 삼아 금방 몸집이 불어나게 됩니다. 일 분 동안 자란 걱정과 한 시간 동안 자란 걱정의 크기를 비교하면 금방 이해될 거예요. 비대해진 걱정은 나를 압박하고, 종종 압사의 위험에 빠뜨리기도 합니다.

걱정 때문에 다른 감정이 모두 사라지는 경험을 해본 적이 있을 것입니다. 무엇보다 흥미로운 사실은 '걱정하는 일'은 지금 진행 중인 일보다 과거의 일이나 미래의 일일 때가 많다는 것입니다. 어떤 일도 길게 걱정할 필요가 없습니다. 그보다 해결책을 고민하는 것이 낫습니다.

마음먹은 대로 걱정이 줄어들지 않을 수도 있습니다. 이때 생각나는 걱정거리를 하나씩 지워나가는 것도 괜찮습니다. 걱정을 깨끗하게 지워낼 수 있는 '희망의 물걸레' 하나씩 준비하는 것은 어떨까요?

걱정,

싹 지워버려

후우……
걱정이야…
정말 걱정이야.
어쩌지, 어쩌지?
너무 걱정되는데…
어떻게 하나…

잠 못 이루는
마음에
대하여

최선의 선택이길 바라며

복잡한 문제를 생각하기 위해 조용한 곳에 앉으면, 이내 머릿속에 컹컹, 탁탁 시끄러운 소리가 납니다. 너무 시끄러운 탓에 머리가 깨질 듯 아파지기도 합니다. 이때는 고민을 멈추고 잠시 쉬는 것이 낫습니다.

식어버린 커피를 데우고 다시 제자리에 앉아봅니다. 하지만 고민을 다시 꺼내자마자 머릿속이 다시 시끄러워지는 탓에 쉽사리 집중이 되지 않습니다. 해결하기 어려운 문제일수록 시끄러운 소리는 더 커지기 마련이지요. 내 머릿속 걱정과 고민으로 인한 소리이기 때문에 아무리 애써도 사그라들지 않습니다.

이때는 문제를 되도록 작게 만드는 것이 지금 할 수 있는 최선의 선택일 것입니다.

존재하지
않았던 것처럼…

사라지고 싶은 날

지금 앉아 있는 의자도 만들어진 이유가 있을 텐데, 자신이 의자보다 못한 존재로 느껴지는 순간…. 전화기부터 컵, 펜까지 모든 사물에는 존재의 의미가 있을 텐데, 자신이 도대체 왜 여기 서 있는지 모르겠다는 생각…. 주변 사람들은 서로를 안아주고 의지하며 잘 살고 있는데 자신은 오로지 혼자 외로이 있는 것 같다는 마음….

이처럼 점점 나 스스로를 지워버리는 날이 있습니다. 나라는 존재가 천천히 투명해지다가 결국 사라져도 아무도 모를 것 같습니다. 절대 지워지지 않는 진한 펜으로 자신을 다시 굵게 그려내고 싶다가도, 이내 무의미하게 느껴져 방치하기도 합니다.

마음이 너무 지쳐서 차라리 사라졌으면 좋겠다고 자신에게 투정 부리고 있을 때, 이겨내려고 애쓰지 않아도 괜찮습니다. 나라는 존재는 결코 사라지지 않을 테니까요. 다만 마음이 보내는 신호를 무시하지 말고 차근차근 받아들이면 됩니다.

잠시 사라졌다가 슬그머니 다시 돌아온 마음…. 그때의 모습은 사라지기 전의 모습보다 더욱 선명해져 있을 거예요.

직면과 외면

다른 사람들과 얼마나 많은 대화를 하고 있나요?

요즘은 SNS를 통해 얼굴을 모르는 사람들과 이야기를 나누는 일도 제법 자연스러워졌습니다.

그렇다면 나 자신과는 얼마나 많이 대화를 하고 있나요? 오늘 스스로에게 인사를 건넸나요? 본인의 기분이 어떤지 살펴보셨나요?

다른 사람들이 마음 아파하는 일에는 관심을 가지고 이유를 묻기도 하고 위로도 전하지만, 정작 자신이 마음 아파하는 일에는 무관심하기 쉽습니다. 마음이 아플 때마다 바로 약을 발라주기는커녕 잠들기 전에 잠시나마 스스로를 다독이는 시간조차 보내지 않았을 거예요. '괜찮아. 뭐… 나중에 생각하면 되지.'라고 위안하며 내 마음을 스윽 밀어 두고 외면하기도 했을 겁니다. 지금도 한구석에 마음을 숨기고 있지는 않은가요?

마음을 직면하기 어려운 이유는 사실 어색하고 쑥스럽기 때문이에요. 마음을 자주 들여다보고 인사를 건네지 않다 보

잠 못 이루는
마음에
대하여

오랜만이야
우리 이야기 좀 해

니, 내가 나를 마주했을 때 무슨 말을 꺼내야 할지 망설여지는 것이지요. 마치 낯선 사람과 이야기하고 있는 기분마저 들 수도 있습니다.

이때는 암실이 필요합니다. 오직 나와 내 마음만 마주 보도록 만들어진, 사방이 막혀 있는 조용하고 따뜻한 암실 말이지요.

나를
붙잡고 있는 것

나와 나의 이야기

내가 날 수 있도록 밀어주는 사람과 나를 바닥으로 끌어내리는 사람.

아이러니하게도 두 사람 모두 나 자신입니다. 나를 가장 불안하게 만드는 사람도, 말도 안 되는 이유로 합리화하며 새로운 시도를 주저하게 만드는 사람도 바로 나 자신일 것입니다.

지금의 나는 앞으로 나아갈 수 있도록 뒤에서 힘껏 밀어주거나 앞에서 손을 잡고 끌어주는 응원군인가요? 아니면 앞으로 나아가지 못하게 발목을 붙잡고 질질 끌고 있는 적인가요? 당연히 응원군이 되는 일이 좋겠지요.

내 발목을 부여잡고 질질 끌려오고 있는 나를 일으켜 세우세요. 그다음 나를 힘껏 밀고 당기며 응원하세요. 나 자신은 이 세상 그 누구보다 든든한 힘이 되어줄 것입니다.

가면 쓴 얼굴

인간관계를 맺을 때 민낯을 전부 드러내는 경우는 참 드물 것입니다. 솔직한 모습이 좋기도 하지만, 오히려 솔직함이 상처를 주기도 하니까요. 그래서 종종 가면을 찾아 쓰고는 합니다.

처음부터 나쁜 의도로 가면을 쓴 것은 아닐 거예요. 내 생각과 다른 생각을 가진 사람과 대화를 할 때 상대방이 다치지 않길 바라는 배려였고, 불편한 상황을 피하고자 마음을 감추기 위함이었을 것입니다.

잠시 자신을 대신할 요량으로, 잠깐씩 사용했을 뿐인데 어느새 가면은 얼굴에 딱 붙어버렸습니다. 민낯을 보여주는 것보다 부담이 적다는 이유로 가면을 자주 썼지만, 이렇게 될지 몰랐을 거예요.

가면은 어느새 얼굴의 일부가 되었습니다. 벗을 수도 없고, 그대로 쓰고 있을 수도 없습니다. 만약 가면을 떼어낸다면 다시 쓰지 않으려고 합니다. 솔직한 얼굴로 사람들과 마주해도 괜찮다고, 스스로를 믿어보겠습니다.

무기력한 하루

무기력의 원인은 무엇일까요?

정확한 원인을 알면, 무기력할 때 필요한 것이 무엇인지 오래 고민하지 않아도 되고 이내 무기력에서 벗어나는 방법을 찾아 일상으로 돌아갈 수 있을 텐데….

찰나에 느껴지는 허전함은 물질적인 것으로 채울 수 있습니다. 맛있는 음식을 먹고, 좋은 영화를 보고, 재미난 일을 즐기면 금방 허전함이 증발됩니다. 반면 그 어떤 것에도 마음이 동하지 않을 때도 있습니다. 점차 삶의 의미를 찾을 수 없게 되고 감정도 꽁꽁 얼어버린 것 같은 '마음의 빙하기'가 찾아온 것이죠. 열정을 되찾는 것이 마음의 빙하기를 녹일 수 있는 가장 효과적인 방법일 것입니다.

이미 모든 감정을 소진한 무기력에 빠진 상태라면, 열정을 다시 모으는 일 자체가 거의 불가능에 가까울지도 모릅니다. 그럼에도 열정은 꼭 되찾아야 하는 마음의 에너지입니다.

무기력을 끌어안고 울어도 좋아요. 한 번에 무기력을 이겨내려고 하지 말고 조금씩 일어나고, 걷고, 움직이면 됩니다.
그렇게 천천히 무기력을 마음 밖으로 밀어내다 보면, 그 사이
사이에 열정이 다시 스며들 거예요.

마음의 문을 여는 열쇠

마음은 종종 '문'으로 비유되기도 합니다. 흔히 '마음을 연다.'라고 말하거나 혹은 '마음을 닫는다.'라고 표현하잖아요. 문처럼 마음 역시 열고 닫는 데 그치지 않고 굳게 잠그는 것도 가능합니다.

나와 타인의 마음이 통하기 위해서는 서로의 문이 열려 있어야 합니다. 어느 한쪽만 문을 열어 둔다면, 바람이 통하지 않을 것입니다. 내 마음이 닫혀 있는데도 상대방의 마음이 열려 있을 때가 있습니다. 반대로 내 마음은 열려 있지만 상대방의 마음은 닫혀 있기도 하고요. 아마 무척 난감할 것입니다. 하지만 더 난감한 상황은 상대방의 마음이 굳게 잠겨 있는 것이에요.

이때는 우선 열쇠를 찾아야 합니다. 작은 열쇠, 큰 열쇠, 모양이 다른 열쇠…. 수많은 열쇠 속에서 단번에 꼭 맞는 열쇠를 찾을 수 있다면 좋겠지만, 아마 열쇠를 바꾸며 여러 번 문을 여는 것을 시도해야 할 것입니다. 만약 문을 열지 못하게 되더라도 실망할 필요는 없습니다. 마음을 열기 위한 노력을 상대방이 문 너머에서 보고 있었을 테니까요. 이는 상대방에게 스스로 문을 열고 나올 수 있는 힘을 안겨줄지도 모릅니다. 문을 열기 위해 최선을 다했다면, 그것만으로 충분합니다. 조금 더 기다리면 안쪽에서 문이 열릴 것입니다.

잠 못 이루는
마음에
대하여

chapter 8

마음을 위한 마음가짐으로

등 떠미는
사람이 필요한
망설임의 시간

START

마음을 위한
마음가짐으로

출발선에 서 있는 당신에게

목적을 이루기 위해서는 무엇보다 실천하는 것이 중요합니다. 계획하고 준비하는 데 많은 시간을 보내며 달려왔는데, 막상 출발선에 서면 망설여지기 시작합니다. 준비를 다하고도 계속 망설여집니다. 출발 시간이 한참 지나도 발걸음이 떨어지지 않는 것이지요.

인생을 살다 보면, 차근차근 준비했지만 정작 시작하지 못하다가 결국에는 시기를 놓쳐버리는 경우도 있습니다. 하지만 자신의 삶의 방향이 달라지는 결정적인 순간에 서 있는 것일지도 모릅니다. 이때 나의 등을 힘껏 떠밀어 주는 존재가 꼭 필요합니다. 물론 적절한 시기에 말이죠.

"너는 잘할 수 있으니, 어서 시작해 봐."라는 친구의 말도 힘이 되지만, 가끔은 당장 실천으로 이어질 수 있도록 등을 떠미는 친구의 행동이 더욱 힘이 되기도 한답니다.

끝과 시작

그토록 바라던 끝이자 시작인 이곳에 서 있습니다. 여기에 서서 내가 가야 할 곳을 물끄러미 바라보고 있으니, 기대가 되면서도 걱정이 생깁니다. 새롭게 돋아난 날개가 나를 저 먼 곳까지 무사히 데려다줄 수 있을까요? 지금 믿어야 할 것은 이 날개뿐입니다. 날개를 펴서 힘껏 펄럭이면 됩니다. 그럼 그토록 바라던 곳에 잘 도착할 수 있을 거예요.

아무 일도 없이 평탄한 여정이 될 수 있다면 좋겠지만, 거센 바람을 맞을 수도 있고 새들과 뒤엉켜 바다로 떨어질지도 모르는 일입니다. 하지만 걱정하지 마세요. 바다로 떨어진다고 해서 날개까지 사라지진 않을 테니까요. 다시 날아오른 다음 목적지를 향해 묵묵히 날갯짓을 하면 됩니다.

새로운 곳을 향하는 동안 겪어야 할 험난한 과정은 잊어도 좋습니다. 오로지 시작이라는 그 순간을 등대 삼아, 앞을 보고 힘차게 날아가면 됩니다.

일인용 섬 안에서

사람들은 모두 저마다 각자의 섬 안에서 살고 있습니다. 섬들이 다닥다닥 붙어 한곳에 모여 있을 수는 있지만, 하나의 섬 안에 여러 명의 사람들이 모여 살지는 않습니다.

각자의 섬은 이미 정해져 있고, 이는 일인용 섬이니까요.

대신 섬들은 가늘고 긴 끈으로 이어져 있습니다. 덕분에 흩어져 있는 섬들은 일정한 거리를 유지한 채 옹기종기 모여 있을 수 있는 것이지요. 연결 고리로 이어져 있다는 안도감은 각자의 섬 안에서 혼자 사는 외로움을 견뎌낼 수 있도록 도와줍니다.

서로를 이어주는 끈으로 인연이 스치기도 합니다. 때로는 사이좋게 붙어 있기도 하고 때로는 충돌도 생기지만, 이로 인해 혼자가 아니라는 사실을 알게 될 것입니다.

사람을 만나고 그 마음을 여행하고

그저 얼굴을 보고 인사를 나누는 가벼운 만남은 이루어지기 쉽습니다. 직장 동료, 이웃사촌, 같은 반 친구, 일로 만난 사람, 또 이렇게 저렇게 인연이 닿은 사람들…. 하지만 잊을 수 없는 고마운 만남은 흔하지 않죠. 이 고마운 만남은 한 사람의 내면을 여행하는 일이기도 합니다. 참으로 신비롭고 대단한 경험이 아닐 수 없습니다. 이 같은 경험, 즉 '사람 여행'을 하기 위해서는 먼저 '내 마음을 보여주기'라는 통행료가 필요합니다. 최소한 그 정도의 비용은 지불해야 관계가 시작될 수 있을 것입니다. 하지만 모든 사람 여행이 즐거운 것은 아닙니다. 지옥 같은 시간을 보낼 수도 있고, 실망감만 안겨줄 수도 있습니다.

　사람 여행을 많이 하기를 바랍니다. 무거운 짐을 들고 비행기를 타고 먼 곳으로 여행을 떠나지 않아도 됩니다. 오늘이라도 당장, 내 주위에 있는 사람의 내면을 여행해 보면 어떨까요?

마음을 위한

마음가짐으로

만나고
헤어지고
그리고 다시 만나고

애옹?!!

챱챱챱챱챱

다 먹었어?

냐아아앙~

애오옹~
애옹

애옹~

가는…거야?

인연과 인연 사이

'어차피 헤어지게 될 것이었다면 만나지 말 걸⋯.'

'결국 이렇게 끝날 것이었다면 나에게 다가오지나 말지⋯.'

'시작하지 않았다면 끝을 맞이하지도 않았을 텐데⋯.'

이별을 맞이하는 순간에는 여러 생각이 들기 마련입니다. 그러나 헤어짐을 피할 수도 없고, 만남을 거부할 수도 없습니다. 그저 익숙해지는 것이 최선의 선택일지도 모릅니다. 상처가 나고 아물기를 수십 번 반복해도 고통에 익숙해지지 않는 것처럼, 만남과 헤어짐이 거듭되더라도 매번 처음인 듯 기쁘고 아픕니다.

언제나 그랬듯 지난날의 아픔은 오늘의 기쁨으로 덮을 수 있을 것입니다. 삶은 우연한 만남의 연속으로 채워져 있을지도 모르겠습니다. 이별은 결국 만남 사이사이에 찍혀 있는 쉼표가 아닐까요?

epilogue

마음을
만나는 시간

노란색 종이 위에 그림 한 장.

  짝짝이 귀를 가진 설토(설레다 토끼)와 그의 오래된 친구 당
근. 2008년 10월, 처음으로 설토를 만나 '감성 메모'라는 이
름으로 10년이 넘도록 이야기를 풀어나가고 있습니다. 설토
는 여전히 장난기가 많고, 때로는 어리광도 부리고, 사소한 데
집착하기도 하며, 소심하게 상처를 받고, 별일 아닌 일에 감동
하기도 합니다.

  소소하게 일상을 채우고 있는 설토의 모습을 책으로 엮으
면서, 우리가 이토록 오랜 시간 동안 함께할 수 있는 원동력
에 대해 생각했습니다. '그저 좋아서'라는 말로는 다 설명할
수 없습니다. 사실은 누군가와 이야기를 나누고 싶은 마음 때
문이었습니다. 슬픈 날에는 슬픔을, 기쁜 날에는 기쁨을, 화가
나는 날에는 분노와 억울함을, 심지어 무기력한 날조차 그 기

284

분을 그대로 전하고 싶었습니다. 다른 사람이 들어주길 바라며, 또 내 마음을 있는 그대로 헤아려주길 바라면서요…. 비록 혼자 시작한 일이지만, 언제부터인가 설토가 아닌 다른 사람들의 마음까지 담게 되었습니다. 저와 여러분의 사연을 담은 감성 메모도 어느새 700장이 넘어가고 있습니다. 앞으로도 꾸준히, 제 인생철학처럼 가늘고 길게 이야기를 이어갈 생각입니다.

일상을 그려낸 그림이 주는 힘은 보는 이들로 하여금 "나도 그래."라고 읊조리게 만드는 공감에 있습니다. 귀엽고 멋있고 화려한 주인공과 거리가 먼 수수한 모습의 설토! 설토는 저이기도 하고 또한 독자 여러분이기도 합니다. 상처를 받지 않은 척하면서도 누군가가 먼저 손을 내밀어 주길 바라고, 타인에게는 관심이 많지만 정작 자기 자신에게는 무관심한 태도를 보이고, 지금 가지고 있는 행복보다 저 멀리에 있는 행복을 더 부러워하고, 불행이 영원히 끝나지 않을 것 같다는 생각에 불안해하는 모습까지…. 내 마음속에 숨겨 두었던 마음의 그늘을 설토를 통해 보게 될 것입니다. 그제야 나도, 당신도, 그리고 오늘을 살아낸 모든 사람들도 설토와 비슷한 모습이라는 사실을 깨닫게 됩니다.

여기 온통 노랗게 채워진 글과 그림을 통해, 알고 있으면서도 외면했던 쓰라리고 아픈 마음속 풍경을 찬찬히 돌아볼 시간을 가지기를 바랍니다. 이왕이면 푹신한 의자에 앉아 따뜻한 차와 맛있는 간식까지 곁들일 수 있다면 더욱 좋겠습니다. 책을 한 장씩 넘길 때마다 여러분의 마음을 보드랍게 쓰다듬을 수 있기를, 여러분이 위로를 받을 수 있기를!

이 책을 늘 부족한 저를 자랑스럽게 생각하는 반려자와 고

향에 있는 가족, 제 선택을 항상 믿고 응원해 준 선영과 은환, 생각을 현실로 만들어준 출판사 담당자들, 마지막으로 설토에게 늘 한결같은 사랑과 힘을 보내주는 수많은 이들에게 바칩니다.

설레다

내 마음 다치지 않게

1판 1쇄 발행 2021년 1월 19일
1판 3쇄 발행 2023년 10월 4일

지은이 설레다(최민정)

발행인 양원석 **편집장** 차선화
영업마케팅 윤우성, 박소정, 이현주

펴낸 곳 ㈜알에이치코리아
주소 서울시 금천구 가산디지털2로 53, 20층(가산동, 한라시그마밸리)
편집문의 02-6443-8861   **도서문의** 02-6443-8800
홈페이지 http://rhk.co.kr
등록 2004년 1월 15일 제2-3726호

ISBN 978-89-255-8919-0 (03810)